DIE RACHE DER NACHTSPINNERIN

Norbert Clemens

DIE RACHE DER NACHTSPINNERIN

Aus den Kriminalfällen des Kommissars Berlage
in Brunnen / Kanton Schwyz

Bibliografische Information der Deutschen Nationalbibliothek
Die Deutsche Nationalbibliothek verzeichnet diese Publikation
in der Deutschen Nationalbibliografie; detaillierte bibliografische
Daten sind im Internet über http://dnb.d-nb.de abrufbar.

Umschlagdesign, Satz, Herstellung und Verlag:
Books on Demand GmbH, Norderstedt

ISBN 978-3-8391-7484-5

Geister und Gespenster im Kanton Schwyz

Weisse Frau: Frau Zälti wird auch „Frauenfasten-Müetterli" genannt. Sie spinnt an den „zahlten" Tagen, das heisst an den Frontfastentagen verschiedener Orts fleissig ihre Fäden. Sie duldet dann kein Gespenst neben sich und will auch, dass sich an diesen Abenden weder eine Frau noch eine Tochter ans Spinnrad setzt. Was sie spinnt, können nur Frontfastenkinder sehen. – Frau Zälti war auch auf der gedeckten Leewasser-Brücke in Brunnen anzutreffen."[1]

„Die Nachtspinnerin: In Brunnen erscheint des Nachts auf der Leewasserbrücke jedesmal von zwölf bis ein Uhr eine weisse Frauengestalt. Sie sitzt mitten auf der Brücke und spinnt. Das Spinnrad ist silbern, der Flachs darauf golden. Viele, die da schon vorbeigegangen sind, haben dies ganz deutlich gesehen. Wehe aber dem Mädchen, das um diese Zeit über die Brücke gehen muss, tagsüber aber faul gewesen ist und sein Quantum Flachs nicht abgesponnen hat! Wie ein Blitzschlag zuckt der Glanz des silbernen Rades und des goldenen Flachses in seine Augen, sodass es augenblicklich blind wird."[2]

---

[1] www.greifler-ingenbohl-brunnen.ch/1.%20Fasnachtstag.htm (Sagensammlung Lütolf, Kyd, Steinegger), nach Lütolf

[2] ebd., nach Kohlrusch

Eine Geschichte,
die so in naher Zukunft geschehen könnte

DIE HAUPTPERSONEN

Peter Paul Berlage	Holländer, 66 Jahre, ehemals Kriminalkommissar in Amsterdam
Sara	Holländerin, seine Frau, 58 Jahre
Franz Inderbitzin	Brunner, 65 Jahre, Nationalrat, verunfallt tödlich
Carla	seine Frau und dann Witwe, 45 Jahre
Rit	Holländerin, 47 Jahre, Frau eines Bankdirektors
Nathalie	Holländerin, 56 Jahre, sehr hübsch, verwitwet, 2 Söhne
Mark	ihr älterer Sohn, ein Taugenichts
Ron	ihr jüngerer Sohn
Mario	sportlicher Brunner, 65 Jahre, ursprünglich Aargauer
Eliane	seine Frau, 58 Jahre, Engländerin aus Brighton
Joe	Freund von Carla und Franz, Bauunternehmer
der Regierungsrat	Freund und später Liebhaber von Carla
die Nachtspinnerin	Schwyzer Sagengestalt
u.v.a.	

Kapitel 1

P eter Paul Berlage war ein sehr grosser, korpulenter Mann mit einem ansehnlichen Wohlstandsbauch, gelichtetem Haar und gerötetem Gesicht. Er liebte das gute Leben, Wein und feines Essen. Während 40 Jahren war er in Amsterdam Mitglied der Kriminalpolizei gewesen. Auf einer Ferienreise kam er vor vielen Jahren nach Brunnen am Ufer des grossen Innerschweizer Seenduos, des Vierwaldstätter- und des Urnersees. Nach seiner Pensionierung beschloss er, seinen Lebensabend an diesem schönen Ort zu verbringen, und seine Frau Sara, von der später noch mehr die Rede sein soll, war auch damit einverstanden. So ging man daran, einen geeigneten Wohnort in Brunnen zu suchen.

In Brunnen findet man zunächst einmal die Schiffsanlegestation mit ihrem unglaublichen simultanen Ausblick auf den Urner- und den Vierwaldstättersee. Dieser berühmte Ort, der schon viele bekannte Persönlichkeiten beeindruckt hat, so Goethe, die Queen Victoria, den Bayernkönig Ludwig II, Leo Tolstoj, Sergej Rachmaninow, Churchill als ganz kleine Auswahl, übt einen grossen Zauber aus. So beschrieb der als sehr heimatliebend bekannte schottische Dichter Sir James Mackintosh die Schönheit des Urner Sees: „Till this morning, I never thoroughly believed that any scenes could surpass those of Scotland and the Lakes: but they are nothing … Just before Gersau we entered the second part of the lake. It is upon this that its superiority to all other lakes, or as far as I know, scenes upon earth, depends."[3]

Der Landungsplatz der Schiffe in Brunnen ist eine erhabene natürliche Kulisse, manchmal von einem der alten Dampfschiffe (heute mit Dieselmotor)

---

[3] Beer, Travellers in Switzerland (Zürich 1992), S. 134 („Bis zu diesem Morgen glaubte ich zutiefst daran, dass keine Landschaft die Schönheit jener von Schottland und seiner Seen übertreffen könne: aber die sind unbedeutend … Kurz vor Gersau kamen wir zum zweiten Teil des Sees. Auf diesen Blick beruht, sofern ich es erkenne, seine Überlegenheit über alle Seen und Landschaften auf der Welt.")

durchquert. Es gab Zeiten, wo man hier ein Theater mit Bühnenöffnung gegen das Panoroma und das Rütli zur Aufführung von Schillers Wilhelm Tell bauen wollte. Richard Wagner liebte den Blick hinaus in den „Urnersee-Fjord" und sah „in Brunnen den Idealplatz für ein Festspielhaus mit Durchblick für das Publikum auf den See und den Uri-Rothstock [...]."[4]

Als der französische Abbé Raynal vor lauter Begeisterung am Rütli einen 30 m hohen Obelisk gekrönt mit einem goldenen, von einem Pfeil durchbohrten Apfel aufstellen wollte, schrieb Goethe am 7. Mai 1781 empört an seinen Freund Lavater in Zürich: „Ist's wahr, was ich in den Zeitungen lese, dass der Abt Raynal den drey ersten Eydgenossen auf der Imgrütlins Wiese ein Monument will aufrichten lassen? Der 30 Fuss hohe Obelisk wird sich armselig zwischen der ungeheuren Natur ausnehmen. Was sich der Mensch mit seiner Nadelspitze von Marmor einbildet. Ich hoffe, es wird nicht zustande kommen. Ihr Monument ist eure Constitution."[5]

Aber zurück zu den Berlages. Es war also nahe liegend, am See in der Nähe der Schiffsanlegestelle den neuen Wohnort zu suchen, was sich aber als unmöglich herausstellte. Die Wohnungen hier waren nicht nur sehr teuer, sie waren auch durch den Durchgangsverkehr recht laut und die Grundrisse unmöglich. Die Vorderseite öffnete sich zwar auf den See, dafür waren alle hinteren Räume dunkel und gingen gegen eine hässliche Gasse mit Balkonen eines Nebenhauses in Reichweite. So gaben sich die Berlages schliesslich mit einem schönen alten Haus in der „zweiten Reihe" zufrieden. Dieses Haus hatte einen später angebauten Wintergarten mit öffenbaren Glaswänden und einem Dach aus Glas. Dieser Wintergarten war nicht wie sonst alles in Brunnen bei Leuten mit Rang, Namen und Geld auf den See ausgerichtet, sondern auf die im Sommer grünen und im Winter weissen Hänge des nahen Urmibergs, eines entfernten Ausläufers der Rigi. In dem Wintergarten war eine unglaublich ruhige Atmosphäre spürbar, eine Einheit zwischen Raum und Landschaft.

---

[4] Mielsch, Die Schweizer Jahre berühmter Komponisten, S. 42
[5] Goethes Briefe an Lavater, das Monument wurde dann 1783 auf Betreiben von Raynal in veränderter Form auf der Insel Altstad beim Meggenhorn errichtet.

Das gefiel den Berlages besser als die ihnen aus der holländischen Heimat bekannten Rundblicke in die Tiefe der roten Sonnenuntergänge im Meer hinter dem Horizont. Dafür sassen sie fast jeden Abend im Garten einer kleinen Bar am See, im „Badhüsli", mit Blick auf die berühmten schroffen Felswächter des Urnersees, im Gespräch mit dem Inhaber der Bar, Jan Dreyfuss, einem Holländer, und den anderen Gästen. Und die Brunner hatten sich daran gewöhnt, dass man vor ihnen Holländisch sprach und sie nichts verstanden. Man verliess sich darauf, dass die fremdsprachigen Gäste nichts Schlechtes über sie sagten. Es wohnten übrigens in der Gegend sehr viele holländische Familien, die wie die Berlages die Schönheit der Innerschweiz schätzten.

Der alte Badeausgang in den bestehenden Strassenarkaden des Hotels Eden zum See war lange Zeit nicht mehr benützt worden. Dann kam dieser geschäftstüchtige Holländer Jan Dreyfuss mit seiner holländischen Frau und sie machten etwas aus diesem Raum unter der Strasse und dem davor liegenden freien Platz, ein Lokal, das die Aussicht auf den See voll zur Geltung bringt. In einer durch die darüber liegende Strasse gebildeten Geländenische mit ihren Arkaden befindet sich die besagte kleine Bar mit wenigen Sitzplätzen und einer Terrasse. Die Besonderheit der Lage ist, dass kein Gebäude die Sicht verstellt und wie aus dem Erdboden hervorgezaubert dort eine vom Verkehr unberührte Oase der Ruhe am See entstanden ist. Wenn auch die Architektur der Bar nicht von einem Fachmann aus Holland gestaltet wurde, so strömt sie in ihrer barocken Vielfalt doch holländische Lebensweise aus. Der Betreiber der Bar, eben dieser Holländer namens Jan Dreyfuss, lachte gerne in echt holländischer Art mit seinen Gästen. Seine Entdeckung war diese Falte im Terrain, die ohne wesentliche bauliche Anhängsel die Benutzung und Bedienung dieses Ortes gestattet. Mit einer wunderschönen Sicht auf den Urner- und Vierwaldstättersee bot sie den Gästen neben der holländischen Geselligkeit ein in Brunnen konkurrenzloses Ambiente, das gerne von den Brunnern selbst, aber auch von auswärtigen Gästen, den zahlreichen in der Gegend wohnenden Holländern und den Touristen, benutzt wird. Es ist aber auch der einzige Ort in Brunnen, der diesen Blick auf die Alpen und die beiden Seen mit einem attraktiven gastronomischen Angebot verbindet.

Sara Berlage war bereits die zweite Frau ihres Mannes. Auch bei ihr war es die zweite Ehe. Sie hatten sich erst im vorgeschrittenen Alter getroffen und waren seit sieben Jahren verheiratet. Beide waren kinderlos aus ihren vorgängigen Ehen. Sara war eine noch immer attraktive, kokette Frau, die keinen bewundernden Blick unbeantwortet liess. Und sie genoss es besonders, sich in der Gesellschaft der biederen Brunner zu bewegen. Den Sommer nützte sie für sehr tief ausgeschnittene Kleider, den Winter für enge Hosen und straff sitzende Pullover. Auch machte es ihr Spass, verlauten zu lassen, dass sie trotz ihres fortgeschrittenen Alters immer noch die Antibabypille nahm. Für die strenge, katholische Gesellschaft der Brunner gab das natürlich viel zu tuscheln. Machte man Sara auf die Delikatesse ihrer Mitteilungen aufmerksam, so führte sie zuerst die mehrfache, bewiesene Untreue ihres Mannes an, dann aber auch das allgemein bekannte Verhältnis, das die Frau des Chefredaktors einer lokalen Zeitung mit dem katholischen Pfarrer des Dorfes hatte. Es machte der Holländerin sichtlich Spass, die prüden Innerschweizer mit der Praxis einer modernen, holländischen Ehe zu konfrontieren. Ihr Mann war oft sehr peinlich berührt von ihrem etwas primitiven Verhalten. Sie war ihm intellektuell wohl nicht gewachsen, behandelte ihn aber wie eine Mutter, was ihn oft zur Raserei brachte. Dann überlegte er sich, wie er sie umbringen könnte, wozu ihm von seinen beruflichen Erfahrungen her eine weite Palette zur Verfügung stand. Aber er war ja der Vertreter des Gesetzes gewesen und durfte an eine solche Lösung des Problems nicht ernsthaft denken. Auch er war kein Heiliger und glich die Rechnung mit seiner stierigen Frau durch häufige Besuche in einem bekannten und teuren Wellnesscenter aus, das für die Anwesenheit von einsamen Frauen bekannt war.

Sara und Berlage sassen also an einem wunderschönen Samstagabend wieder im Badhüsli und genossen die Aussicht und das Bad in der Menge.

Sara, die immer alles beobachtet und unter Kontrolle hatte, sagte: „Schau, wer da kommt."

Berlage drehte sich um und sah Nathalie, eine andere in Brunnen lebende Holländerin, auf das Badhüsli zuschlendern. Sie war mit einem Schweizer verheiratet gewesen, der aber vor vielen Jahren sehr jung plötzlich gestorben war und zwei kleine Kinder mit ihrer nun allein erziehenden Mutter zurückgelassen hatte. Sara und sie hatten eine sehr innige, fast zärtliche Beziehung, deren wahre Natur man schwer definieren konnte. Manche hätten gesagt, die zwei Frauen seien lesbisch.

„Salü Nathalie", sagte Berlage.

Er erhob sich, um sie zu umarmen und zu begrüssen. Nathalie war eine grosse, sehr attraktive Frau, und Berlages Gedanken waren bei der Umarmung in Reminiszenz einer Affäre, die er einmal mit ihr gehabt hatte, nicht ganz platonisch. Aber Nathalie hatte gerade wieder einen festen Freund und schien nicht interessiert zu sein. Sie umarmte auch Sara und man begann den üblichen Small Talk.

„Wo warst Du gestern?", fragte Sara.

„In Luzern", sagte Nathalie.

„Interessante Männer getroffen?", wollte Sara wissen.

Sie ging selbst jede Woche einmal nach Luzern, „um zu flirten", wie sie sagte. Oft gingen Nathalie und sie zusammen auf die Piste. Sie waren beide keine Kostverächterinnen und in ihren knappen Kleidern ein heisses Duo. Was die Brunner aber nicht wussten, war, dass Sara und Nathalie auch gerne miteinander Liebkosungen austauschten. Oft fand Nathalie auf ihrem Handy Nachrichten von Sara, wie: „Ich vermisse dich!". Die beiden waren also nicht nur auf die Zärtlichkeiten der Männer angewiesen.

So waren die Holländer, von denen es etwa zwei Duzend in Brunnen gab, ein provokantes Völkchen, das oft mit der etwas schwerfälligen Art der Innerschweizer Mühe hatte. Die holländischen Feste in Brunnen waren bekannt und berüchtigt für ausgelassene und grenzenlose Spiele mit viel Alkohol. Berlage machte als echter Amsterdamer immer fleissig mit, ohne aber gewisse Grenzen zu überschreiten. Es interessierte ihn mehr, die

Menschen zu beobachten und seine Schlüsse zu ziehen. Seine scharfen Augen sahen viel, und Brunnen war sehr klein. Er kannte das Verhältnis des katholischen Dorfpfarrers mit der Frau des Zeitungsredaktors, aber auch alle Abenteuer des Redaktors mit den jungen Mädchen der Umgebung. Er wusste auch, dass die schöne Witwe Nathalie schon fast mit allen Männern des Dorfes im Bett gewesen war. Er kannte den Abenteuerhunger der jungen und vor Lebenslust strotzenden Frau Carla des alternden und kranken Nationalrates Franz Inderbitzin und wusste von den regelmässigen Besuchen des örtlichen Architekten in einem Puff von Zürich. Er wusste auch vom Drogenkonsum des älteren Sohns von Nathalie und seiner Mitgliedschaft in einer rechtsradikalen Sekte.

So war Berlage, ohne es zu wollen oder zu erwarten, in Brunnen plötzlich wieder mitten in seinem alten Beruf als Schnüffler. Vieles musste er gar nicht suchen, im Rahmen des ständigen Dorfklatsches, bei dem Sara eine hauptsächliche Informationsquelle war, erfuhr er Elemente eines Puzzle, die sich in seinem scharfen Ermittlergeist zu starken Indizien zusammenfügten und, ergänzt durch seine eigenen Beobachtungen, zu Fakten wurden.

„Was gibt's Neues?", wandte er sich an Nathalie, die an ihrem Glas Weisswein, bereits dem zweiten, schlürfte.

„Rit ist wieder ausgerutscht", sagte Nathalie.

Rit war ebenfalls Holländerin, eine wunderschöne, grosse rothaarige Frau, mit einem angesehenen Brunner, einem Bankdirektor, verheiratet. Sie nahm gerne viel Alkohol zu sich, lachte und tanzte dann ausgelassen und verbrachte Abende und Nächte in den Brunner Restaurants. Ihr Mann schämte sich furchtbar für das Verhalten seiner Frau. Seine Aufforderung: „Nun gehen wir nach Hause!". quittierte sie nur mit einem spöttischen Lächeln und bestellte ein weiteres Glas. Er schlich dann beschämt aus dem Lokal und seine Familie, seine Freunde und – besonders – seine Feinde neckten ihn dann am nächsten Tag mit seiner Pantoffelheldenrolle. Das war eben die holländische Art der Fröhlichkeit und der weiblichen

Unabhängigkeit, die die Brunner nicht verstanden. Aber Rit war ihrem Mann nie untreu und setzte den Avancen der vielen interessierten Männer, die meinten, sie könnten die betrunkene Frau abschleppen, klare Grenzen. Wenn es nötig war, teilte die grosse starke Frau auch schallende Ohrfeigen und schmerzende Fusstritte aus. Sie war ein Familientier und liebte ihren Mann und ihre zwei Kinder ganz herzlich.

„Was hat sie denn gemacht?", wollte Sara neugierig wissen.

„Sie ist wieder bis um zwei Uhr Morgen im Hotel City gehockt, hat getrunken, gesungen und ist dann nach Hause getorkelt". sagte Nathalie.

„Da wird der Herr Bankdirektor aber wieder Freude haben", meinte Sara genüsslich.

„Schweig doch endlich!", regte sich Berlage über die Schadenfreude seiner Frau auf.

Sara hatte häufig erregte Diskussionen mit Rit. Die beiden Frauen waren allzu verschieden. Sara, eine strenge Katholikin, Rit reformiert bis ungläubig. Die eine kinderlos, beziehungsunfähig und untreu, die andere die treue Frau und Mutter. Die beiden Frauen hatten beide ein grosses Repertoire an gegenseitigen Vorwürfen, das sie auch gerne benutzten. Da das immer auf Holländisch erfolgte, hatten die Brunner keine Ahnung von der Problematik zwischen diesen beiden Frauen.

Die Frauen wechselten das Thema, verhandelten Neuigkeiten über Carla und ihren Nationalrat. Seine Gesundheit war offenbar recht angeschlagen. Carla war vergnügungssüchtig, toll nach teuren Kleidern und wertvollem Schmuck, was ihr der Franz Inderbitzin alles bieten konnte. Sie stammte nicht aus Brunnen, sondern war Tochter von Bergbauern vom Sattel, wodurch sie in Brunnen schon eine Fremde war. Nicht wie die in Brunnen lebenden Holländer, die waren und blieben Gäste. Carla stammte vom Berg und nicht vom See. So war sie zwar bei den Frauen des Dorfes integriert, aber sie gehörte eigentlich nicht zum „Stamm" des Seevölkchens.

Nun näherten sich Mario und Eliane, ein altes Ehepaar, die hoch oben auf den Hängen des Urmiberges in einem kleinen Haus wohnten. Berlage sah oft von seinem Wintergarten aus noch spät in der Nacht Licht in dem Haus brennen. Mario war ein begnadeter Uhrmacher, der jedes alte Uhrwerk wieder zum Gehen brachte. Er war ein international gesuchter Spezialist und verbrachte viel Zeit im Ausland. Eliane war Engländerin aus Brighton, wo sie noch ein schönes altes Haus hatte, das sie nicht aufgeben wollte. Sie hatte es vermietet, sich aber dort für ihre Aufenthalte in England eine kleine Wohnung im Dachstock reserviert. Berlage schätzte Mario sehr, obwohl er wusste, dass Mario sich nicht nur für Frauen interessierte. Aber mit ihm konnte er, wie mit keinem in Brunnen, Schach spielen, Jazz hören und Whisky trinken. Mario war auch eine jener Personen, die eigentlich nicht nach Brunnen passten, der aber dort seine Ruhe und ein Zuhause gefunden hatte. Eliane hatte sich mit der Situation abgefunden. Mario war reich und konnte ihr ein sehr angenehmes Leben bieten. Ihre sexuellen Praktiken waren trotz seiner Bisexualität für sie durchaus ausreichend. Während seiner häufigen Abwesenheiten hatte sie alle Freiheit der Welt, die sie auch nutzte. Häufig kamen fremde Männer zu ihr ins Haus, die dann auch oft bei ihr übernachteten. Mario war das gleichgültig.

„Salü Berlage!", rief Mario schon von weitem. In Brunnen sprach niemand Berlage mit seinen Vornamen an. Irgendwie war dem Schweizer Mund „Berlage" geläufiger als Peter Paul.

Natalie, Sara und Eliane steckten die Köpfe zusammen und begannen die neuesten Tratschereien des Dorfes auszutauschen.

Berlage bestellte sich ein Glas Amarone, Mario einen Whisky und beide steckten sich eine teure Partagas-Zigarre an. Sie diskutierten die Ergebnisse der letzten Aktienkurse, die nach dem Crash der amerikanischen Banken verrücktspielten. Mario hatte sein Geld in alten Uhren angelegt, Berlage aber hatte, seinem Freund dem Bankdirektor folgend, amerikanische Aktien gekauft und viel Geld verloren. Die Sonne stand rot über dem Vierwaldstättersee, bevor sie sich auf Luzern stürzte. Die Stimmung war fantastisch, der Urirotstock glühte in den letzten Sonnenstrahlen und der Seelisberg sah so aus, als ob der von dort vertriebene Swami mit seiner Sekte der fliegenden Derwische über den Grossen Bauen demnächst im Formationsflug wieder kommen würde. Dreyfuss, der Eigentümer des Lokals, legte eine holländische CD auf und schuf damit den akustischen Hintergrund für die Harmonie zwischen holländischer Geselligkeit und schweizerischer Heimatglücklichkeit. Langsam begann es zu dunkeln und Jan Dreyfuss sang in das Handmikrofon einen holländischen Knüller, „Male babe is blond", was so viel heisst, wie: „Die Blonde ist dumm", womit er eindeutig auf Sara abzielte. Die Kitschigkeit der Situation mit den tratschenden Frauen und den trinkenden und rauchenden Männern im Licht der untergehenden Sonne wich einer Art von intimer Verschworenheit gleichgesinnter Gruppen. So sassen sie noch bis fast vor Mitternacht, als plötzlich Unruhe in die Szene geriet. Ein Mann kam den Quai entlang gelaufen. Wo er durch kam, schienen die Leute aufgeregt und warfen die Arme in die Höhe.

Es war Joe, ein Bauunternehmer von Brunnen. Er kam zum Badhüsli gelaufen und rief schon von weitem: „Franz ist an der Bärfalle verunglückt!"

Franz Inderbitzin, der Nationalrat und Mann der jungen hübschen Carla, ging mit Freunden oft in ein kleines Restaurant auf der Bärfalle, einer hoch gelegenen Alp in einem gerodeten Stück Wald, das wie eine frisch geschlagenen Wunde aussah, weit oben an der Flanke des Urmibergs gegen die Rigi zu. Der Weg führte quer durch den Wald, immer höher bis zu einem Tobel, das man überqueren musste, um zu dem Restaurant zu kommen. Das alles war nicht ungefährlich, denn der Weg war nicht gesichert, an vielen Stellen war er schmal und es ging gleich sehr steil den Hang hinunter. Die Querung des Tobels barg noch die Gefahr des Ausrutschens im Wasser des Gerinnsels. So war es ein Weg, den nur die Einheimischen betraten, und das Restaurant und seine Öffnungszeiten waren nur den Eingeweihten bekannt oder wurden durch eine weithin sichtbare gehisste Schweizerfahne dem Tal signalisiert. Nach dem üblichen Alkoholgenuss im Bärfallenrestaurant war dann die Begehung des steilen Pfades noch gefährlicher. Schon mehrmals waren hier Leute abgestürzt. Trotzdem wurde der Weg von der zuständigen Korporation nicht abgesichert. Nun war dort ein prominenter Politiker verunfallt.

„Die Carla war auch dabei", erzählte Joe, „und die Bergrettung hat ihn schon geborgen, er ist im Spital in Schwyz, aber er ist sehr schwer verletzt und liegt im Koma."

„Man muss die Carla trösten", meinte Sara und wollte schon aufstehen. Man sah ihr an, dass sie vor allem die heissesten Neuigkeiten als Erste erfahren wollte. Ihre Augen funkelten vor Neugierde.

„Das lässt du schön bleiben", sagte Berlage, „überlass das den Verwandten, ausserdem ist sie jetzt sicher im Spital bei ihrem Mann."

Dem Joe, der auf dem Ausflug zur Bärfalle dabei gewesen war, zitterten immer noch die Hände. Der Schreck stand ihm noch im Gesicht. Er habe versucht den Franz zu retten, aber der war zu tief abgestürzt, um ohne Rettungsgerät geborgen zu werden. Die Retter waren dann mit einem Abseilgerät und Scheinwerfern gekommen und ein Mann hatte sich zu dem Verletzten abgeseilt. Dann hatte man ihn per Helikopter abtransportiert, bei Nacht und den engen Verhältnissen nicht ungefährlich. Bei seiner Bergung sei der Franz bewusstlos und nicht ansprechbar gewesen. Carla sei direkt hinter ihm gelaufen, hätte aber nicht helfen können. Sie sei geschockt, aber sonst sehr gefasst.

Ziemlich still und betroffen löste sich die Gesellschaft auf und alle gingen in Richtung ihrer Wohnungen, leise über das Ereignis diskutierend.

Sara sagte zu Berlage: „Nun ist die Carla reich, das hat sie ja schon immer gewollt."

Carla kam aus einer sehr armen Familie, ihr Vater war nicht der Vater ihrer Geschwister. Es war ein offenes Geheimnis, dass die junge, attraktive Frau Franz Inderbitzin nur des Geldes wegen geheiratet hatte und zwischen den beiden wahrscheinlich schon lange keine grosse erotische Leidenschaft mehr herrschte. Carla konnte sich keine Eskapaden leisten, sie war von der Brunner Gesellschaft besser bewacht als ein Insasse von Alcatraz. Die Familie von Franz Inderbitzin war im Kanton Schwyz und in Brunnen sehr mächtig und Carla wäre sofort aus dem Dorf ausgestossen worden, wenn sie sich einen Fehltritt geleistet hätte.

Berlage sah Sara kritisch von der Seite an und sagte: „Ist dir klar, was du da sagst?"

Sein Kriminalistengeist hatte sofort begriffen, dass hier die Andeutung eines Motivs für ein Verbrechen vorlag.

„Ich gebe dir den guten Rat, solche Sachen nicht herumzureden", wies er Sara zurecht.

Es war ihm vermutlich nicht klar, dass er damit Sara nur umso mehr motivierte, sich wichtig zu machen und ein Gerücht unter den Dorfbewohnern zu erzeugen. Sie war nicht nur ein sehr einfacher Geist, sondern auch ein wenig boshaft. Aber es beschäftigte ihn auch, zu wissen, wie der Franz abgestürzt war, und er beschloss am nächsten Tag der Sache etwas nachzugehen.

Kapitel 2

Wenn man mit der alten Timpelbahn von der Talstation am Ausgang von Brunnen gegen Gersau auf den Urmiberg hinauffährt, fühlt man sich sofort familiär empfangen. Walter, der Eigentümer, Wirt, Maschinist und Allround-Manager der Bahn und des Restaurants, begrüsste schon an der Talstation die in seiner Bergkamera sichtbaren Gäste per Lautsprecher, die meisten kannte er persönlich[6]. Oben angekommen befindet man sich etwa auf 900 Metern Höhe. Von dort hat man einen meist nebelfreien, atemberaubenden Blick auf den Urner See, den Vierwaldstättersee und die Urner Bergriesen. Das alte Restaurant schmiegt sich mit seinen Terrassen eng an den Hang. Im Frühling geniesst man dort die ersten warmen Sonnenstrahlen, und im Sommer kann man sich bei einem kühlen Wind von der Hitze und Feuchte des Seebodens erholen. Die Frau des Eigentümers stand in der Küche und servierte. Das Ehepaar wohnte auf dem Timpel (wie der Urmiberg auch heisst). Das heisst, wenn der Föhn ging und die Bahn nicht fahren konnte, waren sie dort oben gefangen, ausser sie nahmen den sehr mühsamen Abstieg zu Fuss auf sich, was ganz harte Frauen und Männer aus dem Dorf auch manchmal bergwärts und talwärts machen. Aber auch die Gleitschirmflieger stürzen sich von dort oben in die grandiose Landschaft hinab. Oft treffen sich Bewohner von Brunnen am Nachmittag auf dieser Sonnenterrasse zu einem Glas Wein. Die Stimmung ist ganz speziell. Wenige Minuten vom Dorf entfernt geniesst man hier die Ruhe und Privatheit eines Ortes, der eigentlich nur den Brunnern und einigen Gleitschirmfliegern bekannt ist. Aussicht, angenehmes Klima und die Freundlichkeit der jeweiligen Wirtefamilie schaffen eine Harmonie und das Bewusstsein, dass man nur wenige Minuten vom Dorf entfernt an einem der schönsten Orte der Schweiz alleine oder mit guten Bekannten zusammen sein kann. Die Bahn wurde von einem Privaten vor Jahrzehnten auf eigenen Kosten gebaut, seither von ihm unterhalten und musste nun

---

[6] Leider wurden Restaurant und Bahn kürzlich verkauft und das Schicksal der ganzen Anlage ist ungewiss. Damit würde ein für Brunnen sehr beliebter Ort verschwinden.

aus Altersgründen an eine neue Familie übergeben werden. Weder die Gemeinde noch der Kanton unterstützen finanziell den Betrieb. Die Bahn ist ausserhalb des Kantons fast unbekannt. Die ganze marginale Situation immer an der Grenze des Aufgebens erzeugt eine grosse Einfachheit der Anlage und des Restaurants, die wesentlich zur Atmosphäre der Timpelbahn gehört. Die Gemeinde Brunnen hat dem Besitzer der Bahn und des Restaurants vorgeschrieben, dass er eine Abwasserleitung ins Tal bis hinunter zum See bauen muss. Ein technisch, ökologisch und finanziell unmögliches Unterfangen.

Der nächste Tag, ein Dienstag, war wunderschön, es herrschte grosse Fernsicht. Berlage beschloss, auf den Timpel hinaufzufahren und dort aus grösserer Nähe zum Unfallort über die Sache nachzudenken. Vorher rief er im Kantonspital in Schwyz an und erkundigte sich nach dem Zustand des Patienten Franz Inderbitzin. Natürlich bekam er keine genaue Auskunft. Immerhin erfuhr er, dass der Franz noch lebte und weiterhin im Spital bleiben würde.

Während Berlage nach der telefonischen Anmeldung unten auf die nächste Gondel wartete, kam der Gemeindepräsident dazu, der ebenfalls vom schönen Wetter profitieren wollte und sich dazu einen freien Tag bewilligt hatte.

Während sie zu zweit in der Gondel sassen und bergwärts fuhren, kamen sie sofort auf den Unfall des Franz Inderbitzin zu sprechen. Der Gemeindepräsident, im zivilen Leben ein ehemaliger Einzelrichter am Kantonsgericht in Schwyz, begann das Gespräch: „Furchtbar die Sache mit dem Franz, aber wir haben schon seit Jahren die Sicherung dieses Weges verlangt."

Berlage lächelte etwas schräg und sagte: „Eigentlich müsste man die Verantwortlichen wegen Unterlassung der Sicherung und wegen Fahrlässigkeit anklagen."

Der Gemeindepräsident sah ihn ganz erschrocken an. Solche Fragen wurden im Rahmen der allgemeinen Solidarität des Verwaltungsapparates in

Brunnen meist der Öffentlichkeit vorenthalten. So mussten die Dorfhäuptlinge keine Angst haben, in ein Verfahren verwickelt zu werden.

„Also so kann man das schon nicht sehen", meinte der Funktionär.

Dann folgte eine lange juristische Abhandlung über Haftpflicht von Gemeinden, öffentlichen Körperschaften und Vereinen. Berlage hörte etwas gelangweilt zu, aber es half, die Zeit bis zum Ankommen in der Bergstation zu überbrücken. Als der Gemeindepräsident seine beschwichtigende Rede beendet hatte, meinte Berlage nur trocken: „Aber eine polizeiliche Untersuchung des Falles wird ja doch stattfinden müssen."

Sein Gegenüber zuckte zusammen und antworte nur mit einem kurzen: „Meinen Sie?"

Es war ihm sichtlich nicht wohl bei dem Gedanken, dass seine Gemeinde Ort eines dubiosen Unfalles sein könnte. Bis zur Ankunft an der Bergstation hüllte sich der Magistrat in Schweigen und war sehr froh, dass Walter, der Eigentümer und Allrounder in der Kasse der Bahn, die beiden lachend begrüsste und man über das schöne Wetter und nicht gleich über den Unfall von Franz Inderbitzin sprach. Nachdem die beiden den unbequemen, im Winter ziemlich rutschigen, fast gefährlichen Abstieg zum Restaurant hinter sich gebracht hatten, suchten sie sich einen Platz auf der Terrasse. Der Gemeindepräsident setzte sich sofort an einen Tisch mit Bekannten und Freunden aus dem Dorf. Er war sichtlich froh, der unangenehmen Fragerei des alten Polizisten zu entgehen.

Berlage nahm alleine an einem freien Tisch Platz, wo er die wunderbare Aussicht und den warmen Sonnenschein im Gesicht geniessen konnte. Fränzi, die hübsche Frau des Eigentümers, fragte ihn nach seinen Wünschen und er sagte: „Einen Dreier St. Saphorin, wie immer, schöne Frau."

Er überlegte sich, ob er die gewünschten Informationen besser von ihr oder ihrem Mann erhalten könnte. Die Frauen im Dorf waren meist schneller und besser informiert als ihre Männer. Berlage beschloss also, zuerst die Frau auszufragen.

Als sein Wein kam, sagte er: „Die Gegend ist ziemlich gefährlich."

„Sie meinen den armen Inderbitzin?", fragte Fränzi sofort.

„Ja, den meine ich. Ich habe heute im Spital angerufen, er ist immer noch im Koma. Er kann nicht Auskunft geben. Das Ganze ist etwas rätselhaft."

Fränzi schaute ihn etwas zweifelnd an, dann sagte sie: „Kennen Sie den Weg nicht zur Bärfalle? Der ist ziemlich gefährlich. Und wenn die von da oben heimgehen, sind sie alle besoffen. Seit Jahren sagen wir, dass man ihn sichern soll. Es sind dort ja schon früher Leute abgestürzt."

Berlage begann sich näher zu interessieren: „Mit wem war er denn da oben?"

„Mit Freunden und seiner Frau Carla", antwortete Fränzi, „sie gingen spätabends in der Dunkelheit hinunter, bis die Bergrettung ihn geborgen hatte, war es Mitternacht."

„Das muss für die Carla furchtbar gewesen", meinte Berlage etwas sondierend.

„Ja sicher, aber wenn er stirbt, ist sie sehr, sehr reich. Sie haben keine Kinder oder erbberechtigte Verwandte, sie erbt alles.", sagte Fränzi. Der missgünstige Unterton war nicht zu überhören. Sie arbeitete mit ihrem Mann seit Jahren hart im Restaurant, am Betrieb der ganzen Anlage, und sie konnten sich finanziell nicht sanieren. Im Gegenteil, sie sahen ihre Existenz nun durch die Forderung der Gemeinde nach einer Abwasserleitung ins Tal schwer gefährdet.

Berlage dachte an die ersten Worte seiner Frau, als sie von dem Unglück erfahren hatten. Es war also im Dorf bereits ein offenes Geheimnis, dass die einzige von Franz Inderbitzins Tod profitierende Person dessen Frau Carla war. Die Gerüchteküche war in Betrieb, bevor der arme Mann tot war.

Berlage bestellte sich noch einen der feinen, von Fränzi selbst gebackenen Lebkuchen mit viel Schlagrahm und einen Kaffee. Dann brach er zur Talfahrt auf, nicht ohne die heimliche Absicht, auch Walter, Fränzis Mann, der die Seilbahn bediente, über die Sache auszufragen.

Der trat bereitwillig auf das Thema ein: „Diese Idioten, besoffen und bei Dunkelheit diesen Weg zu gehen. Ich habe schon so viele Male davor gewarnt und die Wegkommission beschworen, den Weg auszubauen und zu sichern. Ich hoffe nur, dass Franz mit dem Leben davon kommt."

Berlage antwortete: „Er ist immer noch im Koma und sein Überleben ist offenbar sehr unsicher. Wenn er sterben sollte, wird es eine amtliche Untersuchung geben müssen."

„Die werden aber auch nichts herausfinden können. Ein Unfall an dieser Stelle ist vorprogrammiert, und hätte es eine menschliche Einwirkung gegeben, würde diese niemals nachzuweisen sein. Das blöde Geschwätz der Weiber, dass seine Frau von seinem Tod sehr profitieren würde, ist ekelhaft."

Berlage verabschiedete sich von Walter, stieg in die Gondel und fuhr alleine den Berg wieder hinunter, bewunderte die schöne Aussicht und konnte nicht verhindern, dass sein kriminalistisches Hirn die verschiedenen Aspekte des Falls durchspielte. Zu Hause angekommen zündete er sich eine Zigarre an und setzte sich mit einer Zeitung in den Wintergarten, von wo aus er die Bärfalle genau sehen und den Zugangsweg studieren konnte. Er brachte die Sache nicht mehr aus dem Kopf.

Als Sara heimkam, war er tief in Gedanken versunken. Sie kam gerade vom Badhüsli, wo eine Konferenz der Damen über die aktuelle Lage der Carla stattgefunden hatte. Nathalie, die noch am engsten Verbindung zur

Familie Inderbitzin hatte, wusste am meisten. Franz lag immer noch im Koma. Er hatte schwere innere Verletzungen und sein Überleben war sehr unsicher. Die Spekulationen der Frauen waren der Realität aber schon weit voraus. Mögliche alte und neue Liaisonen der Carla wurden diskutiert, wer denn ihr zukünftiger Traumpartner sein könnte und ob sie im Dorf weiter wohnen würde. Daneben tauchte aber nun ganz konkret der Verdacht auf, Carla habe beim Unfall von Franz die Finger im Spiel gehabt. Nathalie wusste zu berichten, dass die Ehe von Carla und Franz nicht die beste gewesen sei. Carla ging fast jeden Tag joggen, um ihre Energien abzubauen, die der Franz offenbar nicht mehr gebrauchen konnte oder wollte. Oft war er allein zu Hause und sie kam erst spätabends heim, wenn er schon schlief.

Sara referierte über alles, was sie so gehört hatte. Ihrer Meinung nach war der Fall klar: Carla hatte ihren Mann umgebracht.

Berlage hatte sich mit einigem Unmut ihren Redeschwall angehört. Dann sagte er: „Ich möchte mir die Unfallstelle gerne ansehen gehen. Kommst Du mit?"

„Bist du verrückt, ich bin doch keine Gemse!", antwortete sie.

„Also dann gehe ich mit Mario, der kennt den Weg. Gehen wir doch morgen Abend zu ihnen, damit ich mit ihm etwas abmachen kann. Dann kannst du mit Eliane auch etwas unternehmen", schlug Berlage vor.

Er ging ans Telefon und rief Mario an. Mario, immer für Abenteuer aufgelegt, war an der Unternehmung sehr interessiert und rasch war eine Abmachung für den nächsten Abend getroffen. Berlage und Sara würden zum kleinen Haus von Mario und Eliane am Hang des Urmibergs hinaufsteigen oder -fahren, um das Nötige zu besprechen.

„Ich möchte dann noch mit Joe sprechen, der uns die Nachricht vom Unfall überbracht hat. Er war ja auch dabei. Sara, kannst du nicht morgen Nachmittags mit ihm etwas abmachen im Badhüsli?"

Sara war ganz begeistert von der Idee und rief sofort Joe an. Joes Frau kam ans Telefon, es entwickelte sich ein langes Gespräch über Inderbitzins Hund, dem Carla nie eine grosse Liebe entgegengebracht hatte und dessen Schicksal wahrscheinlich auch vom weiteren Verlauf der Sache abhing. Berlage wurde ungeduldig und rief laut nach Joe. Sara kam endlich zur Sache und vereinbarte für den nächsten Tag am frühen Nachmittag ein Treffen mit Joe im Badhüsli.

„Aber bitte höre auf, von euren Mordvermutungen zu sprechen!", appellierte Berlage an Saras Solidarität.

Sara versprach, vernünftig zu sein. Bei sich dachte sie aber, dass das ganze Dorf schon darüber spreche und eine diesbezügliche Zurückhaltung nicht nötig sei.

Nach einem wunderbaren, von Sara zubereiteten Mittagessen gingen sie am nächsten Nachmittag zusammen zum Badhüsli und setzten sich an einen etwas abgelegen Tisch, an dem sie vor Störungen sicher waren. Dreyfuss, der Pächter, war da und kam zu den Berlages an den Tisch. Er hatte nur Fussball im Kopf und freute sich schon auf seine nächste Reise nach Holland. Er hatte in Amsterdam eine sehr schöne Wohnung. In seinem Herzen war er trotz des langjährigen Aufenthaltes in der Schweiz Vollbluthölländer geblieben.

Die hübsche holländische Kellnerin brachte drei Bier. Dreyfuss verstand es immer wieder, für wenig Geld holländisches Servicepersonal zu gewinnen, das vor allem wegen des Erlebnisses in die Schweiz kam. Handelte es sich um Mädchen, endete die Sache meist mit einer schrecklichen Eifersuchtsszene der Frau Dreyfuss. Bei männlichen Angestellten wurde der Entdeckungsdrang der jungen Männer im fremden Land so stark, dass sie bald keine Lust mehr hatten, für wenig Geld Bier und andere Säfte heranzuschleppen. So war Dreyfuss ständig auf der Suche nach neuen, billigen Angestellten, was der ganzen Unternehmung nicht sehr gut tat. Dazu kam im Hintergrund die eifersüchtige Frau, die sich überall einmischte.

Als Joe sich näherte, stand Dreyfuss auf. Die Geschichte mit Carla und Franz interessierte ihn gar nicht. Die beiden kamen nie ins Badhüsli und waren auch sonst nicht auf seiner Wellenlänge.

Sara begrüsste Joe mit der bei ihr üblichen sehr sinnlichen Umarmung. Die zwei dazugehörenden Wangenküsse endeten oft mit einem Kuss auf den Mund, was den Durchschnittsschweizer beim ersten Mal meist etwas ratlos dastehen liess. Berlage kannte Joe, der in der Bauindustrie tätig war, schon lange. Die Begrüssung der beiden Männer war kurz und sachlich.

Berlage begann die „Einvernahme": „Du warst doch dabei bei dem Unfall an der Bärfalle. Wie hat sich denn die Sache zugetragen?"

Joes Hände begannen sich zu verkrampfen. Nur mühsam konnte er die Geschichte erzählen: „Wir waren zehn Leute im Restaurant oben auf der Bärfalle. Der Franz hat noch einige Schafe dort oben, die er besichtigen wollte und wir kamen etwa um zwei Uhr nachmittags problemlos oben an. Der Weg war trocken, sogar im Tobel war kaum Wasser. Und wir haben den Aufstieg in sehr kurzer Zeit geschafft. Franz und Carla gingen meistens in der Mitte der Gruppe."

„Wann seid ihr dann zum Abstieg aufgebrochen?", wollte Berlage wissen.

„Also wir haben noch mehrere Jasse geklopft, ausgiebig gegessen und doch einiges getrunken. So gegen zehn Uhr nachts begannen wir dann den Abstieg. Einige von uns hatten Taschenlampen."

„Wo gingen denn Carla und Franz?", wollte Berlage wissen.

„Die waren als Letzte aufgebrochen und gingen ganz hinten mit etwas Abstand zur Gruppe. Dann schrie Carla plötzlich und es war schon passiert. Franz lag weit unten, für uns nicht erreichbar. Per Natel verständigten wir die Polizei und die Bergrettung. Die kamen etwa nach einer halben Stunde per Helikopter, seilten sich an einer offenen Stelle ab und begannen mit der Rettung."

„Wo war denn Carla während dieser Zeit?", mischte sich Sara ins Gespräch.

„Das ist doch völlig unwichtig", meinte Berlage etwas ungerechtfertigt.

„Nein, nein", sagte Joe, „sie war die ganze Zeit an der Absturzstelle. Ich und noch drei andere Männer blieben bei ihr, auch um den Helikopter mit unseren Taschenlampen einzuweisen. Aber wir konnten nichts unternehmen. Wir riefen von Zeit zu Zeit nach Franz, damit er wusste, dass wir noch da waren, aber machen konnten wir nichts."

„Und dann?", wollte Berlage wissen.

„Dann ging ein Mann mit der Abseileinrichtung zu Franz hinunter, man zog ihn nach oben und er wurde mit der Trage in Richtung Helikopter gebracht. Das war nicht einfach gewesen bei der Dunkelheit und dem engen Weg. Franz wurde dann alleine sofort ins Spital geflogen, wir gingen mit Carla und den Rettern nach unten und ich brachte sie ins Spital nach Schwyz. Ich rufe sie noch schnell an und frage, wie es ihm und natürlich auch ihr geht."

Joe zog sein Handy aus der Tasche und rief Carla an. Sie war im Spital bei Franz. Sein Zustand hatte sich offenbar nicht gebessert und er war immer noch besinnungslos.

Berlage sagte zu Joe: „Frag sie doch, ob wir schnell vorbei kommen können."

Joe gab die Frage weiter und Carla hatte keinen Einwand. Sie fuhren mit Joes Wagen zu dritt ins Spital noch Schwyz. Es ist das grösste Regionalspital und entsprechend gut ausgerüstet. Der Bau wurde erneuert und erweitert, ist aber eine jener seelenlosen Behandlungsmaschinen, in denen der Mensch schon beim Eintritt zum Objekt wird. In der lokalen Presse, die sich grossartig „Bote der Urschweiz" nennt, erscheinen regelmässig Berichte über die roten Zahlen, die das Spital schreibt. Die lokalen Ärzte der Region äussern sich nicht immer positiv über die Behandlungsqualität in diesem Spital und überweisen Patienten mit schwierigen Fällen nach Luzern oder nach Zürich. Dass Franz noch immer hier lag, war schwierig zu interpretieren. Entweder war sein Fall hoffnungslos oder nicht so schlimm.

Sie meldeten sich an der Rezeption und erhielten Auskunft über das Zimmer, in dem Franz lag. Der übliche Spitalgeruch umfasste sie, je mehr sie in die Innereien des Baus vordrangen. Unter dem Eindruck dieses speziellen Geruchs, von dem man nicht genau wusste, ob er auf dem Desinfektionsmittel oder auf den Tode hinwies, berichtete Joe auch sofort von seiner Tochter, die mit einer schweren Grippe und hohem Fieber am Wochenende im Spital Hilfe gesucht hatte und dort mit einer Packung Dafalgan, einem Mittel gegen Muskelschmerzen, nach Hause geschickt wurde. Das war für Sara wieder ein gefundenes Fressen. Sie nickte eifrig und erzählte von einer Infusion, die man ihr in diesem Spital einmal in das Gewebe des Handrückens statt in die Vene gespritzt hatte. Für die Holländerin gab es sowieso nur in Holland gute Spitäler.

Als sie zum Zimmer kamen, in dem Franz lag, verstummte ihr Gespräch. Sara klopfte ganz leise an die Türe und sie traten langsam hintereinander in den Raum. Franz lag im Bett, an viele Schläuche angeschlossen, die die Versorgung und die Entsorgung seines scheinbar leblosen Körpers besorgten. Zahlreiche Risse und Schrammen überzogen sein Gesicht und die frei liegenden Arme. Er atmete schwer und seine Nase war ganz spitz. Carla begann sofort lautlos zu schluchzen, als die Besucher eintraten. Sara nahm sie in die Arme und tröstete sie leise.

Joe berührte Franz sanft an der Hand, man sah, dass er auch dem Weinen nahe war. Er sagte: "Franz, Franz, wie geht es Dir?"

Aber der Franz konnte ihm nicht antworten. Berlage hatte Übung in der Beurteilung von Opfern von Unfällen und Verbrechen. Es war ihm sofort klar, dass der arme Franz nicht mehr lange leben würde.

Sie verliessen das Krankenzimmer und zogen Carla mit hinaus.

Sara fragte: „Was sagt der Arzt?"

Carla schüttelte nur wortlos den Kopf. Sie schluchzte nun laut und Sara beschloss, noch bei ihr zu bleiben und sie zu trösten. Die beiden Männer machten sich auf den Rückweg und Berlage wollte noch den behandelnden Arzt sprechen. Er fragte die Stationsschwester, ob der Arzt zu sprechen sei. Sie führte sie zum Arztzimmer und klopfte an.

„Herr Doktor, die beiden Herren sind Bekannte von Franz Inderbitzin und möchten Sie gerne sprechen".

Der Arzt war ein junger Deutscher, etwa 30 Jahre alt. Ohne die Fragen der beiden Männer abzuwarten, sagte er in seinem harten, die Wortanfänge betonenden norddeutschen Dialekt: „Herr Inderbitzin wird aus dem Koma nicht mehr erwachen. Er hat schwere innere Verletzungen, eine Operation ist sinnlos. Er hat auch nicht mehr die Kraft zum Überleben."

Berlage wollte wissen: „Ist Herr Inderbitzin noch einmal aus dem Koma erwacht?"

„Das weiss ich nicht, jedenfalls nicht in meiner Gegenwart. Aber fragen Sie doch die Stationsschwester, die weiss da mehr über den Verlauf des Aufenthaltes."

Damit war das Gespräch mit dem Arzt zu Ende. Joe wollte schon gehen, aber Berlage zog es noch mal zurück zu der Stationsschwester. Er sagte: „Fahr du nur alleine nach Brunnen, ich gehe dann mit Sara zusammen auf den Bus."

Joe verabschiedete sich und man sah ihm an, dass er sehr traurig und geknickt war. Berlage ging auf die Station zurück, klopfte leise an die Türe von Inderbitzins Krankenzimmer, um Sara zu sagen, dass er noch da sei. Dann ging er zum Office der Stationsschwester. Die Schweizerin war etwa 50 Jahre alt und kannte sicher den alten Kantonsrat Franz Inderbitzin gut.

Berlage stellte sich vor, als Bekannter von Franz Inderbitzin. Aber die Schwester Caroline lachte nur: „Herr Berlage, wir kennen sie"

Nun war es für Berlage etwas schwieriger, die Fragerei zu beginnen. Aber er fasste sich ein Herz und begann: „Ist der Franz nochmals aufgewacht?"

„Ja, einmal ganz kurz hat er die Augen aufgemacht, und ich war per Zufall gerade da. Ich habe ihn anzusprechen versucht, aber er sah mich nur ganz traurig und hilflos an."

„Sonst ist Ihnen nichts aufgefallen, auch bei seiner Einlieferung nicht?"

„Nein, eigentlich nichts, nur etwas war komisch: als ich ihn übernommen, gewaschen und eingekleidet habe, war er ja bewusstlos. Aber er hatte in der fest geschlossenen Faust einen kleinen Knopf. Wahrscheinlich hat er versucht, sich vor dem Sturz noch an jemandem festzuhalten, und dabei den Knopf abgerissen."

„Aber dann ist es eigenartig, dass er ihn immer noch in der Faust hatte, als er eingeliefert wurde, nach einer halben Stunde auf seine Rettung wartend."

„Das kann aber schon sein", meinte die Schwester, „wenn er gleich bewusstlos wurde …"

Doch Berlage war nicht überzeugt. „Wo ist der der Knopf jetzt?", wollte er wissen.

„Der ist im Fach bei den Utensilien von Herrn Inderbitzin."

„Könnte ich ihn einmal sehen?", insistierte Berlage.

Schwester Caroline wusste nicht recht, was machen. Das durfte sie ja eigentlich nicht.

„Ich will den Knopf ja nur sehen, nicht entwenden", sagte Berlage.

Dadurch liess sich die Schwester überzeugen. Sie ging nach hinten und kam dann mit einem grossen Papierkuvert nach vorne, dessen Inhalt sie auf dem Tisch ausleerte. Darin war die Armbanduhr von Franz, deren Glas zerbrochen und deren Lederriemen eingerissen war. Dann lag da ein kleiner weisser Knopf, offensichtlich von einem Herrenhemd stammend. Dann einige Geldstücke, ein Feuerzeug mit Schweizer Kreuz und eine zerdrückte Packung Zigaretten. Bevor die Schwester Caroline etwas sagen konnte, hatte Berlage mit seinem Handy ein Foto der Sachen gemacht und noch ein zweites von dem Knopf.

„Jetzt übertreiben Sie aber, Herr Berlage. Der alte Beruf lässt Sie wohl nicht in Ruhe."

Berlage schmunzelte ein wenig, dann bedankte er sich und ging zurück zu seiner Frau ins Zimmer des Patienten, während die Schwester kopfschüttelnd die Habseligkeiten von Franz Inderbitzin wieder in dem Kuvert versorgte. Sie konnte sich keinen Reim auf Berlages Verhalten machen.

Sara tröste Carla immer noch und Berlage bedeutete ihr, sie könnten jetzt gehen. Die beiden Frauen umarmten sich, und Sara ging mit Berlage schweigend zur Busstation. Auch während der Heimfahrt wollte sich kein rechtes Gespräch entwickeln. Zuhause setzte sich Berlage wieder nachdenklich in den Wintergarten mit Blick auf den Urmiberg und die Bärfalle und zündete sich eine seiner geliebten Zigarren an. Sie wollten ja am Abend noch zu Mario und Eliane, um den morgigen Erkundungsausflug zu besprechen.

Berlage fragte Sara: „Wie war das Gespräch mit der Carla?"

„Sie heulte die ganze Zeit, aber sie hat schon Zukunftspläne. Was sie mit dem Haus machen wird, ob sie in der alten Wohnung bleiben soll und so weiter. Sie rechnet mit dem sicheren Tod ihres Mannes, obwohl er ja noch nicht gestorben ist."

„Aber sein baldiges Hinscheiden ist ziemlich sicher", meinte Berlage und informierte sie über die Auskunft des Arztes. „Was erzählt Carla denn über den Unfallhergang?"

„Der Franz sei in der Dunkelheit gestrauchelt und dann abgestürzt. Sie habe noch versucht, ihn zu halten, aber er sei natürlich zu schwer für sie gewesen. Auf ihre Rufe habe er keine Antwort mehr gegeben und sie sei an der Unfallstelle geblieben, bis die Retter eingetroffen seien, und sie habe immer wieder gerufen."

„Ist sie vor oder hinter ihm gegangen?", frage Berlage.

„Du fragst aber komische Sachen, ich glaube, hinter ihm. Sie habe ja noch versucht, ihn am Kragen seiner Weste zu halten."

„Aha", brummte Berlage, „aber jetzt müssen wir zu Mario und Eliane."

Sie gingen zum vor dem Haus parkierenden Wagen und fuhren ein Stück den Urmiberg hinauf. Die Strasse war eng und steil, Berlage musste in einer Kurve sogar nochmals ansetzen. Im Winter war die Zufahrt nur mit einem Allrad-Wagen möglich und Berlage lobte sich wieder Holland mit seinen geraden und ebenen Wegen.

Das kleine Haus lag auf halber Höhe am Urmiberg im Wald versteckt. Die Bewohner waren ein interessantes Paar. Eliane, eine Engländerin aus dem schönen Städtchen Brighton, war eine höchst belesene und kultivierte ehemalige Chemikerin, deren Benutzung der englischen Sprache die Herkunft aus einer besseren sozialen Schicht bewies. Mario hatte früher beruflich etwas mit Tennis und Golf zu tun. Aber er war auch ein begnadeter Uhrmacher, der alte, sehr komplizierte Uhren richtete. Einen Teil dieser historischen Uhren hatte er dann verkauft und war damit Millionär geworden. Sein Haus war voll von solchen alten Zeitmessern, von denen viele Millionen wert waren. Er war noch immer sehr sportlich und elegant. Neben dem Haus befand sich ein Sitzplatz, von dem man zwischen den Bäumen eine wunderschöne Aussicht auf den See hatte. Sass man dort an einem warmen Sommerabend, dann hatte man das

Gefühl, auf der Welt allein zu sein und wurde in die besondere Ambiance der im Haus lebenden beiden Menschen einbezogen. Zwischen der Hauswand und dem unmittelbar ansteigenden Hang entstand eine Nische der Behaglichkeit, des Schutzes, der Ruhe und der Zeitlosigkeit. Die einzige Verbindung zur Welt schien das in die Ebene hinunterführende, durchhängende Stromkabel zu sein. So eigenartig das klingen mag, das Kabel war ein wichtiges Element im Ganzen. Es bedeutete, dass die Welt da unten irgendwo existierte.

Während die Dame des Hauses, weitgereiste Kosmopolitin, lebendig zu erzählen wusste, strömte der Hausherr eine grosse Ruhe und Gelassenheit aus. Er war im Pensionsalter, reparierte aber immer noch seine teuren Uhren, spielte gerne Schach und ging mit guten Freunden auf Wanderungen.

Das Essen war exzellent, der Wein gediegen, die Gespräche, halb auf Englisch halb auf Deutsch, drehten sich immer wieder um den Unfall von Franz. Sara machte einige Bemerkungen bezüglich des neuen Reichtums von Clara und deren Zukunftsplänen, zum Glück so leise, dass die beiden Männer das nicht hörten. Aber auch die Engländerin trat auf dieses Sujet nicht ein.

Hingegen machte Mario einige Bemerkungen über Carla, die offenbar eine sehr eifersüchtige Frau war. Trotz des grossen Altersunterschieds von mehr als 20 Jahren zu Franz wachte sie immer über die Treue ihres Ehegatten.

Sara konnte es sich wieder nicht verklemmen zu sagen: „Ja, sie muss auch noch auf ihr Erbe achten und darauf, dass ihr da niemand in die Quere kommt."

Aber Mario lächelte nur. Er wusste, dass der Franz Inderbitzin manchmal auch grosse Freude an anderen Frauen gehabt und die Carla das ja auch irgendwie mitbekommen hatte.

„Also, wie machen wir es dann morgen?", wollte Berlage wissen.

„Treffen wir uns doch um neun Uhr oberhalb von Wylen am Panorama- weg, von dort kommen wir gut zur Unfallstelle und auch zur Bärfalle."

„Ich glaube, es wäre gut, noch ein Seil zum Abseilen mitzunehmen", meinte Berlage, „der Franz lag ziemlich weit unten."

„Ok, und noch etwas zum Essen und Trinken, und einen guten Fotoapparat."

Man verabschiedete sich und Berlage steuerte das Auto durch den dunklen Wald und die enge Strasse wieder an die Ufer des Sees.

Zu Hause angekommen machte sich Berlage an seinem Handy zu schaffen und druckte mittels Bluetooth die beiden Fotos, die er im Spital von den dort verbliebenen Utensilien Franz Inderbitzins gemacht hatte, grösst- möglich aus. Lange betrachtete er die Bilder. Auf dem einen war neben der Uhr mit dem zerbrochenen Glas, dem Swissknife, der zerdrückten Zigarettenpackung der Knopf sichtbar, den man in der Faust des Verun- fallten gefunden hatte, auf dem andern nur der Knopf. Es war ein kleiner Knopf aus Perlmutter.

Berlage ging zu Sara und zeigte ihr die Bilder. „Was ist das für ein Knopf", frage er sie, „ist das ein Damenknopf?", wovon er überzeugt war, weil es ein so kleiner Knopf war.

Sara betrachtete die Bilder, dann schüttelte sie den Kopf. „Das ist kein Damenknopf, ich weiss auch nicht woher der stammen könnte. Woher hast Du ihn?"

Berlage brummte nur etwas vor sich hin, gab aber keine Antwort. Sara kannte das bei ihm. Wenn er keine Antwort geben wollte, war aus ihm nichts herauszubringen. Sie gab einen Ton des Missfallens von sich und wandte sich etwas beleidigt ab.

Es war bereits spät und Berlage musste am nächsten Tag früh auf. Sara begann sich auf das Schlafengehen vorzubereiten. Das war bei ihr immer eine langwierige Sache. Sie musste mehrere Schichten Make-up entfernen, dann kamen die regenerierenden Cremen und schliesslich die Nachtcreme. Alle diese Sachen brachte sie immer aus Holland mit, da in der Schweiz die von ihr benötigten Produkte nicht erhältlich waren. Am Ende der Prozedur war es für Berlage immer schwierig, seine Frau wiederzuerkennen. Ihre von Creme glänzende Haut spiegelte das Licht der Nachttischlampen wieder, ihre Haare waren eng am Kopf zusammengebunden. Hätten sich nicht unter dem Nachthemd ihre immer noch sehr weiblichen Formen abgezeichnet, wäre die Sache für Berlage bald uninteressant gewesen – und hätten nicht die Cremen von Sara nach dem Ausschalten des Lichts einen so feinen Duft nach Schokolade verbreitet. Aber in diesem Zustand war Sara irgendwelchen taktilen Annäherungen von Berlage absolut nicht zugänglich. Allerdings hatte er dazu auch keine Lust, obwohl die Sara so fein nach Schokolade duftete.

Kapitel 3

A m Morgen des nächsten Tages trafen sich Berlage und Mario am Beginn des Wanderweges, der quer über den Hang des Urmiberges, immer ansteigend, schliesslich zur Bärfalle führt. Beide Männer waren mässig berggängig ausgerüstet, mit hohen Bergschuhen, Rucksack und Proviant. Mario, der Sportler, hatte auch noch ein Seil zum Abseilen und einen Klettergurt dabei.

Sie wanderten fast wortlos den Weg entlang. Der gertenschlanke Mario tänzelte leichten Fusses den ansteigenden Weg hinauf, während der beleibte Berlage bald zu schnaufen begann und immer häufiger eine kleine Pause einschalten wollte.

„Nein", sagte Mario, „jetzt noch nicht, deine Kondition muss noch etwas trainiert werden."

Da Berlage aber immer langsamer lief, machten sie doch bald halt und tranken etwas Mineralwasser. Schliesslich kamen sie zu der Unfallstelle, die durch rote Absperrbänder gekennzeichnet war. Offenbar war die Polizei schon da gewesen.

„Schade", sagte Berlage, „die haben sicher alles zertrampelt."

Sie vereinbarten, dass der leichtere und sportlichere Mario sich abseilen würde und die Unfallstelle besichtigen sollte. Der Waldweg war an dieser Stelle extrem schmal, sehr abschüssig und der Hang sehr steil. Der Wald lichtete sich gegen unten, sodass, wer hier abstürzte, tief hinunter fiel und sich kaum halten konnte. Also eine ideale Unfallstelle. Mario traute den bergsteigerischen Fähigkeiten von Berlage nicht und liess sich nicht von ihm abseilen. Er hatte Erfahrung im Selbstabseilen und wählte als Fixpunkt für das Seil einen Baum am Wegrand, legte den Klettergurt an und hängte sich mit einem Halbmastsicherungskarabiner ein. Dann begann er Meter um Meter zu der Unfallstelle, die etwa 25 m tiefer lag und die man deutlich sah, abzusteigen. Berlage hatte seine Kamera mitgenommen und filmte die Aktion. Als Mario unten angekommen war, hängte er den Karabiner aus und begann die kleine Fläche, auf der Franz gelandet und liegen geblieben war, abzusuchen. Es war ein Stück Felsen, auf den Franz wohl hart aufgeschlagen war.

„Siehst du was?", rief Berlage hinunter.

„Hier ist alles voll Blut", rief Mario zurück, „aber sonst sehe ich nichts, aber ich suche noch."

Mario stöberte mit einem Ast im Laub herum und sah auch noch etwas unterhalb der Unfallstelle nach. Aber wahrscheinlich hatte die Polizei ja schon alles gründlich abgesucht.

Auf einmal rief er: „Da liegt ein Taschentuch, ich nehme es mit."

Er begann dann wieder mit dem Aufstieg und war nach fünf Minuten bei Berlage. Nur allzu gern wäre Berlage auch an den Unfallort abgestiegen, aber mit seinem Gewicht und seinen mangelnden Bergsteigerkenntnissen war das ausgeschlossen.

„Zeig mir das Taschentuch", sagte Berlage ganz gespannt zu Mario.

Es handelte sich offensichtlich um das Taschentuch von Franz Inderbitzin, denn in einem Eck des blutverschmutzten Tuches war FI eingestickt. Aber dann wurde Berlage hellwach. In den gegenüberliegenden Zipfel des Taschentuches waren drei hintereinander liegenden Knoten geknüpft, Knöpfe, wie man sie macht, damit man nichts vergisst. Und die Knöpfe waren eindeutig erst erstellt worden, nachdem das Taschentuch voll Blut war, sie waren nicht oberflächlich blutig, sondern durch und durch, in das blutige Taschentuch geknüpft.

Wenn ein totverwundeter Mann seine letzten Kräfte dazu benutzte, um in sein Taschentuch Knöpfe zu binden, als ob er sich an etwas erinnern wollte, so war das kein unbedeutender Akt. Warum sollte der Franz in seinem Zustand und in seiner Lage Knöpfe in sein blutiges Taschentuch geknüpft haben? Und dazu kam noch der Hemdenknopf, den Franz Inderbitzin bei Einlieferung ins Spital fest in seiner Faust gehalten hatte.

„Unerlaubtes Entfernen von Beweisstücken von einem Tatort, Herr Kommissar", sagte Mario etwas spöttisch.

„Das wäre nicht das erste Mal in meiner Berufslaufbahn", antworte Berlage.

Er steckte das Taschentuch in einen mitgebrachten Plastiksack, den er sorgfältig verschloss. Mario hatte sein Seil in der Zwischenzeit wieder zu ordentlichen Schlaufen zusammengelegt, die Karabiner und den Klettergurt wieder im Rucksack verstaut. Er trank aus seiner Flasche, wischte sich den Schweiss ab und sagte dann unternehmungslustig: „Gehen wir noch zur Bärfalle weiter, die haben die Schweizerfahne gehisst."

Wenn das Restaurant auf der Bärfalle von den Wirtsleuten besetzt ist, dann wird dort die Schweizer Fahne gehisst, was man von überall sehen kann, da die Bärfalle eine ausgeholzte Waldlichtung ist. Das kam Berlage sehr gelegen, wollte er doch mit den Wirtsleuten nochmals sprechen und sie über die Vorkommnisse vor dem Unfall ausfragen.

Sie machten sich also auf den Weg weiter bergwärts, überquerten das Tobel, das zu diesem Zeitpunkt kein Wasser führte, aber bei Regen zu einem reissenden Wildbach werden konnte. Schliesslich kamen sie auf der Bärfalle an, Berlage wieder etwas ausser Atem. Die Wirtsleute begrüssten sie herzlich, sie kannten alle Leute im Dorf.

Berlage und Mario nahmen auf einer Bank vor dem einfachen Holzhaus Platz und bestellten zunächst ein Bier. Man kam natürlich sofort auf den Unfall zu sprechen. Berlage hatte zuerst mit Mario abgemacht, dass man nichts über den Zweck ihrer Expedition und den Abstieg zur Unfallstelle verlauten lassen werde.

Der Wirt wurde gleich ziemlich böse: „Seit Jahren machen wir auf die Gefahr dieses Weges aufmerksam, dass man ihn sichern müsse. Die Leute gehen oft besoffen nachts von hier hinunter. Schon zwei Mal ist jemand abgestürzt."

Man klärte ihn darüber auf, dass der arme Franz Inderbitzin wohl nicht mehr aus seinem Koma aufwachen werde. Und Berlage wollte Näheres über den Ablauf jenes Abends wissen.

„Die haben ziemlich viel getrunken und sind dann spät, gegen zehn Uhr nachts, in der Dunkelheit aufgebrochen. Das nächste war ein Telefon von der Unfallstelle. Jemand fragte uns, ob wir die Bergrettung verständigen könnten, da der Franz abgestürzt sei."

„Wer verliess euch denn als Letzte?", wollte Berlage wissen.

„Ja, eben der Franz und die Carla", sagte der Wirt. Die gingen etwa fünf Minuten später weg als die anderen.

In der Zwischenzeit war bei den beiden Bergwanderern ein rechter Hunger entstanden. Sie bestellten eine kalte Platte und eine Flasche Wein.

„Aber nicht abstürzen nachher", meinte der Wirt. Er nahm zusammen mit seiner Frau auch eine Flasche Wein und dieser tat seine Wirkung, das Gespräch wurde etwas lockerer,

Berlage bohrte weiter: „Ist irgendetwas Besonderes vorgefallen an diesem Abend?"

„Es waren etwa zehn Leute und wir haben da nicht so genau aufgepasst", sagte der Wirt.

Aber seine Frau sagte: „Der Franz und die Carla hatten Streit."

„Was musst du das jetzt wieder verbreiten!", sagte der Wirt etwas gereizt.

„Um was ging es denn?", wollte Berlage wissen.

Zuerst schwieg das Wirtehepaar. Aber Berlage war nun nicht mehr davon abzubringen. Es war klar von seinem Gesicht abzulesen, dass er eine Antwort wollte. Tausende Verhöre, die er in seinem Leben schon geführt hatte, hatten ihm genug Erfahrung gegeben.

Schliesslich konnte die Wirtin seinem Druck nicht mehr standhalten. „Die Carla ist doch so eifersüchtig", sagte sie, „und es ging wieder um eine seiner Affären."

„Ja mit wem denn?", wollte Berlage wissen.

„Also so genau spionieren wir unsere Gäste nicht aus", mischte sich der Wirt in das Gespräch, wohl auch um den Druck von seiner Frau zu nehmen.

Das war ja nun interessant und dem Berlage nicht bekannt. Dass der um mehr als 20 Jahre ältere Franz Inderbitzin seiner jungen, hübschen Frau Anlass zur Eifersucht gegeben hatte, und nicht umgekehrt, war ja schon erstaunlich. Er verstand nun auch Saras Andeutungen über Carla. Der Informationsvorsprung der Frauen war wieder gewaltig.

Mario, der schon einiges getrunken hatte, umarmte den Berlage und sagte scherzhaft: „Und wie wäre es mit uns zwei? Hier merkt es niemand, unsere Frauen würden es nie erfahren?"

„Pfui!", sagte Berlage, „lass mich in Ruhe und suche dir einen Jüngeren."

Mario liess von ihm ab. Er kam nun auf die finanzielle Seite der ganzen Operation zu sprechen. Die Carla hatte wohl allen Grund, ihren Mann festzuhalten, stand doch ein rechtes Kapital für sie auf dem Spiel, wenn der Franz sie verlassen hätte.

Das Wirtepaar war etwas betroffen, sie wollten keine Indiskretionen begehen und sie merkten, dass sie etwas ausgeplaudert hatten, das den beiden Besuchern noch nicht bekannt gewesen war. Die Frau ersuchte darum, die Sache diskret zu behandeln und ja nicht zu sagen, von wo sie das wüssten. Mario und Berlage nickten zur Bestätigung, aber es war allen klar, dass die gespitzten Ohren des Kriminalisten eine solche Information nicht ausklammern würden.

Es war später Nachmittag, Berlage und Mario machten brachen langsam wieder auf, um nicht bei Dunkelheit den gefährlichen Rückweg machen zu müssen. Als sie an der Unfallstelle vorbei kamen, sagte Mario scherzhaft: „Geh doch du voraus, ich traue dir nicht."

Damit hatte er ausgesprochen, was den Berlage schon lange beschäftigte. Wenn der Franz vor der Carla gelaufen war, dann konnte man seinen Absturz wenigstens theoretisch als Ergebnis einer Fremdeinwirkung sehen. Aber er wusste aus Erfahrung, dass hier keine Beweise erbringbar waren und dass oft der erste Eindruck täuschte.

Sie beschlossen, auf dem Rückweg noch bei Mario einzukehren. Mario rief seine Frau an, und Berlage Sara. Sara verzichtete auf den beschwerlichen Weg zum Waldhaus von Mario.

Als sie sich dann dem Haus von Mario näherten, sahen sie im Abendlicht auf der Terrasse Eliane und Nathalie sitzen. Nathalie hatte sich kurzfristig auch bei Eliane eingeladen, nachdem sie von Sara erfahren hatte, dass die beiden Männer von ihrer Bergtour zurückkämen. So schnell verbreiteten sich die Nachrichten in „Brunnen-au-lac".

Die beiden Frauen waren voll Neugierde über das Ergebnis der Expedition. Aber sowohl Mario wie auch Berlage berichteten nur Nebensächliches. Wie hoch die Absturzstelle sei und wie furchtbar das Ganze für den armen Franz Inderbitzin gewesen sein müsse.

Dann sagte Nathalie plötzlich in die entstandene Stille: „Und nun ist die arme Sara Witwe."

Berlage fragte sofort: „Ist der Franz gestorben?"

„Ja, heute Nachmittag, das Begräbnis ist am Samstag", sagte Nathalie.

Berlage wurde nervös, am liebsten wäre er sofort nach Hause gegangen. Der Rest des Abends verlief etwas kühl, trotz des wunderschönen Ausblicks auf den See, der Ruhe der Umgebung und der Idylle der sich im Winde wiegenden Baumkronen. Die Frauen sprachen nur noch Englisch miteinander und Berlage mischte sich manchmal mit einem spöttischen Wort in das Gespräch ein. Schliesslich wurde die Party aufgehoben und Berlage schickte sich an, zu Fuss den Berg abwärts zu gehen, ein gutes Stück Weg. Da bot ihm Nathalie an, ihn mit dem Wagen mitzunehmen. Das war ihm sehr recht, da er so schnell wie möglich zu Hause sein wollte.

Im Wagen fragte ihn Nathalie noch mal auf Holländisch: „Was habt ihr denn nun da oben herausgefunden?"

Berlage überlegte einen Moment, ob er seine Landsfrau in seine Erkenntnisse einweihen sollte. Dann entschloss er sich, den Spiess umzukehren, und sagte: „Wusstest du, dass der gute Franz offensichtlich immer seine Affären hatte und Carla sehr eifersüchtig war?"

Nathalie schwieg einen Moment. Dann sagte sie: „Na so was, wer hätte denn das von Franz gedacht."

Vor dem Haus der Berlages verabschiedete sich Nathalie mit einer sehr herzlichen, fast zu herzlichen Umarmung. Aber Berlage kannte sie ja und wusste aus eigener Erfahrung, dass sie gerne und mit jedem Mann flirtete. Nach dem plötzlichen Tod ihres Mannes trauerte sie zuerst einige Zeit. Dann wurde die attraktive, noch junge Frau aber das Schätzchen von jedermann, ging an keinem Abenteuer vorbei und wurde zur lustigsten Witwe von Brunnen.

Sara war immer noch im Badhüsli. Berlage zog seine Bergstiefel aus, holte sich ein Veston und ging zu seinem Auto. Er fuhr zum Spital nach Schwyz und fragte nach Schwester Caroline, der Stationsschwester, in der Hoffnung, dass sie Nachtdienst hatte. Zu seiner Befriedigung und auch Beruhigung war sie noch da. Eine Frage plagte ihn, die er noch klären musste, bevor die Kleider des Verstorbenen aus dem Depot des Spitals verschwanden. Da der Tod erst am Nachmittag eingetreten war, bestand noch Hoffnung.

Er ging zur Station, wo die Schwester Caroline ihren Bürokram erledigte und fragte sie: „Guten Abend Schwester Caroline, ich habe erfahren, dass der arme Franz heute Nachmittag gestorben ist."

„Ja, er ist, ohne nochmals zu erwachen, heute Nachmittag um drei Uhr in Anwesenheit seiner Frau verschieden."

„Sind seine Sachen noch da, die er bei der Einlieferung trug?", fragte Berlage.

„Herr Berlage, sind sie schon wieder am Schnüffeln? Aber die Sachen sind noch da, Frau Inderbitzin wird morgen neue Kleider bringen, um den Toten für das Begräbnis einzukleiden, dann kann sie die alten Kleider und Gegenstände mitnehmen. Heute hatte sie den Kopf nicht mehr dazu."

„Ja, ich habe da tatsächlich noch eine Frage."

Schwester Caroline war noch vom letzten Mal etwas sauer wegen der Fotos, die Berlage von den Sachen des Patienten gemacht hatte. Sie war entschlossen, sich nicht nochmals so einfach über den Tisch ziehen zu lassen.

„Also, Schwester Caroline, hier ist jemand zu Tode gekommen, die Polizei untersucht den Fall und ich war ein guter Bekannter des Toten. Ich verlange nur von ihnen, die Kleider des Toten zu sehen, falls sie noch nicht abgeholt worden sind."

Nun wusste die Krankenschwester nicht mehr, was tun. Die Bemerkung, dass die Polizei den Fall untersuchte, machte sie unsicher. Vorsichtig sagte sie: „Also die Kleider von Herrn Nationalrat Inderbitzin sind noch da, seine Frau hat sie noch nicht abholen können."

„Das sagten sie schon, aber nun zeigen sie sie mir doch, ich will ja nichts entwenden, ich will nur wissen, ob sich noch Spuren des Unfallortes darauf befinden, und ich werde es auch sicher niemandem sagen."

Schwester Caroline bedeutete Berlage mitzukommen. Sie ging in die Lagerräume des Spitals und öffnete eine grosse Schublade. Darin lagen, schön gefaltet, die Kleider, die Inderbitzin bei der Einlieferung ins Spital getragen hatte.

Berlage nahm zuerst die Hosen heraus und untersuchte sie sorgfältig. Da war aber nichts Auffälliges zu sehen. Die Hosen waren zerrissen, blutig, aber sonst intakt. Das Hemd schien zunächst auch nichts Besonderes zu verraten. Dann sah aber Berlage, dass einer der beiden Reserveknöpfe im Inneren der Knopfleiste fehlte, genau der Knopf, den Franz Inderbitzin in der geschlossenen Faust gehalten hatte, als er ins Spital eingeliefert worden war. Das war nun sehr eigenartig. Wieso hatte der schwer verwundete Franz ausgerechnet einen Reserveknopf aus dem Inneren des Hemdes abgerissen und ihn krampfhaft in der Hand gehalten? Das konnte kein Zufall sein. Der Franz wollte damit etwas sagen.

„Aha, sagte Berlage, sehen sie Schwester Caroline, der Knopf, den der Franz Inderbitzin in der Faust hielt, den Sie in das grosse gelbe Kuvert getan haben, stammt von hier. Es ist ein kleiner Reserveknopf für den Kragen."

Schwester Caroline betrachtete ebenfalls den Platz des fehlenden Knopfes und nickte dann zustimmend. Dann nahm sie nochmals den Knopf aus dem Kuvert, legte ihn an die Stelle, wo er fehlte und nickte, nun völlig von den Erklärungen Berlages überzeugt. Bevor sie noch etwas sagen konnte, hatte Berlage wieder sein Handy gezückt und von der Knopfleiste dem gefundenen Hemdknopf ein Foto gemacht.

„Schwester Caroline, ich danke ihnen vielmals, sie sind ein Schatz, und bitte schweigen sie über meine Entdeckung."

Er liess eine völlig verwirrte Schwester Caroline zurück, die sich den Kopf darüber zerbrach, was denn das alles zu bedeuten hatte. Vielleicht rastete Berlage aus, Alzheimer oder Demenz, oder Ähnliches fiel ihr aus ihrer medizinischen Praxis ein. Er war zwar noch nicht so alt, aber bei gewissen Leuten stellte sich eine solche Krankheit auch schon früher ein.

Es war spät geworden, und als Berlage nach Hause kam, war Sara bereits im Badezimmer bei ihren Vorbereitungen für die Nacht. Berlage ging noch in sein Arbeitszimmer, nahm das am Unfallort gefundene Taschentuch mit den drei Knoten und legte das Foto des gefundenen Hemdenknopfes daneben. Dann ging er an den Computer und druckte auch das Foto aus, das er gerade im Spital von dem fehlenden Reserveknopf im Inneren des Hemdes gemachte hatte, aus. Er dachte lange nach und war sich sicher, dass hier eine wichtige Nachricht des Toten vorlag, die er aber nicht verstehen konnte. Aber alles Grübeln half nichts. Er kam nicht dahinter. Müde von den Strapazen des Tages ging er auch zu Bett. Sara schlief schon tief, und er gab sich Mühe, sie nicht zu wecken und ihre Neugierde nicht befriedigen zu müssen.

Am nächsten Tag beim Frühstück löcherte Sara ihren Mann mit Fragen. Er erzählte ihr den Ablauf des Tages, was sie alles gemacht hatten, dass sie noch auf der Bärfalle gewesen seien und noch bei Mario und Eliane Abendbrot gegessen hätten. Auch dass Nathalie dort gewesen sei. Dann konnte er es sich aber doch nicht verkneifen, auch Sara zu fragen, ob der Franz Inderbitzin neben der Carla noch Affären gehabt habe.

Sara sah ihn etwas spöttisch an und sagte: „Alle Männer haben Affären, wie ist es denn mit dir?"

Berlage bereute es, ihr diese Frage gestellt zu haben, Aber er wollte doch alle Informationen ausloten, die vorhanden waren. Und die Frauen in Brunnen hatten einen sehr guten Nachrichtendienst, der schnell und präzise funktionierte. Und der innere Kreis der Holländerinnen war darin besonders effizient.

Dann griff er zum Telefon und rief den Chef der kantonalen Kriminalpolizei an, der aus Brunnen stammte und mit dem er im Badhüsli schon manches Glas Wein getrunken hatte.

„Habt ihr schon irgendwelche Erkenntnisse über den Unfall von Franz Inderbitzin, er ist gestern im Spital gestorben."

„Ja, das weiss ich, dass der Franz tot ist. Wir haben die Unfallstelle kriminalistisch untersucht und nichts gefunden. Der Franz war wohl etwas besoffen beim Abstieg und ist ausgerutscht. Die arme Carla, ich werde ihr mein Beileid ausdrücken."

„Ja, ja", sagte Berlage, „die arme Carla, wir werden uns um sie kümmern müssen."

Den doppelten Sinn seiner Worte verstand der Mann am anderen Ende des Drahtes aber nicht. Er sah auch nicht den etwas hämischen Gesichtsausdruck Berlages.

„Aber warum fragst du", wollte der Kriminalist wissen.

„Ach, das ist halt die berufliche Neugierde, die mich nicht loslässt, und das Interesse an den Methoden der Schweizer Kollegen, aber vielen Dank und schönen Tag noch." Er legte den Hörer auf, kratzte sich nachdenklich an seinem spärlichen Haaransatz und war fest entschlossen, seine Untersuchungen weiterzuführen. Der Gedanke, dass man dem Schweizer Kollegen etwas würde beweisen können, was dieser nicht erkennen konnte, beflügelte den Holländer Berlage natürlich auch.

Kapitel 4

Am Samstag fand das Begräbnis von Franz Inderbitzin statt. Eine grosse Anzahl von Trauergästen, fast alles Brunner, hatte sich bei der Kirche in der Nähe des Friedhofs zur Abdankung versammelt. Ein in Brunnen wohnender Regierungsrat, ein sehr guter Freund des Verstorbenen, ging an der Seite von Carla. Sie trug ein schwarzes Kleid und ein kleines Hütchen mit einem Schleier vor dem Gesicht, der ihre Tränen verbergen sollte. Sie schluchzte die ganze Zeit und konnte sich nicht beruhigen. Trotzdem sah sie umwerfend gut aus. Das Kleid war sehr eng und liess ihren sehr gut gebauten Körper zur Geltung kommen. Die Länge des Kleides war gerade noch so, dass man es als dem Anlass entsprechend dezent bezeichnen konnte. Das Wetter war sehr schön und warm, die Sonne schien freundlich vom Himmel, sodass das traurige Ereignis etwas aufgeheitert wurde.

Der Pfarrer hielt eine bewegende Abdankungsrede, in der das tragische Ereignis entsprechend zum Ausdruck kam, aber auch die menschliche Seite und die guten Taten des Verstorbenen ihre Würdigung fanden. Als er auf die trauernde Witwe zu sprechen kam und ihr viel Mut und die Unterstützung von Gott erbat, brach Carla in lautes Schluchzen aus und bei der Trauergemeinde entstand ein Murmeln. Der Pfarrer beendete seine Ansprache mit der Bitte um die Unterstützung von elternlosen Kinder im Kanton bei der Kollekte. Wie es die Witwe wünsche, betonte er. Dann ging der anwesende Regierungsrat noch auf die Kanzel und erwähnte die grossen Verdienste von Franz Inderbitzin für die Innerschweiz, für den Kanton, für Brunnen und für die Armen. Eigentlich dachte er bei sich, dass Franz, der Mitwisser vieler schrägen Dinge, die so in der Politik gelaufen waren, nun nicht mehr gefährlich war. Aber er blieb loyal und endete auch mit einem tröstenden Wort an die arme Witwe. Bevor sich der Trauerzug bildete, drückten viele Leute Carla ihr Beileid aus.

Berlage und Sara waren natürlich auch unter den Trauergästen. Als sie zu Carla kamen, um ihr zu kondolieren, umarmte Sara die trauernde Witwe.

Carla brach wieder in lautes Schluchzen aus. Berlage schüttelte ihr die Hand, sprach etwas vom Schicksal und dem Willen Gottes. Carla nickte nur, ohne etwas zu sagen, vermied aber seinen Blick.

Der Trauerzug setzte sich dann zum Grab in Bewegung. Carla hatte eine Urnenbestattung verlangt und berief sich dabei auf den letzten Willen, den Franz ihr einmal bekannt gegeben habe. Es waren um die hundert Leute, die da in kleinen Gruppen hintereinander der Urne folgten. Plötzlich sah Berlage Nathalie. Sie nahm nicht an dem Trauerzug teil, sondern stand beim Grab ihres Mannes, den sie so früh verloren hatte. Berlage war etwas erstaunt, denn er wusste ja, dass Nathalie mit den Inderbitzins gut befreundet war. Es wunderte ihn, dass sie sich so fernhielt und Carla nicht ihr Beileid ausgedrückt hatte. Auch meinte er auf ihrem Gesicht einen eigenartigen Ausdruck zu sehen. Nathalie blieb so lange am Grab ihres Mannes stehen, bis die Urne von Franz Inderbitzin in die Erde gesenkt war, dann verliess sie den Friedhof unbeachtet. Nur Berlage hatte sie beobachtet. Die Menge murmelte die üblichen Floskeln des Bedauerns, wie es sich an einem solchen Anlass gehörte. Begräbnisse erinnerten jeden und jede auch an die eigene Vergänglichkeit. Hie und da sah man aber auch ein hämisches Grinsen und hörte die Feststellung, dass Carla nun eine reiche Frau war.

Die Trauergäste waren zu einem Aperitif im grossen Saal des „Waldstätter Hofs" eingeladen, dem grössten, teuersten und traditionsreichsten Hotel von Brunnen, nun im Besitz der alten Adelsfamilie von Reding. Auch jene, welche gerade vorhin böse Worte über den neuen Reichtum von Carla gefunden hatten, kamen. Man wusste, dass die Einladung reichhaltig und nicht knauserig sein würde. Berlage und Sara gingen auch in den „Waldstädter Hof", er lag ja auch an ihrem Heimweg. Der grosse Saal war dezent mit Blumen geschmückt, die dem Anlass entsprachen. Ein Buffet mit Getränken stand zur Selbstbedienung bereit. Sara und Berlage bedienten sich und nahmen dann neben Joe an einem der langen Tische Platz.

„Weißt Du, ob die Polizei etwas herausgefunden hat?", fragte Berlage.

„Die haben die Untersuchung abgeschlossen und den Fall beendigt, es war ein Unfall", antwortete Joe.

Berlage überlegte, ob er Joe in seine Entdeckungen einweihen sollte, liess es dann aber bleiben. Aber er hatte doch noch eine Frage an Joe, die er sich nicht verkneifen konnte: „Du warst ja ganz in der Nähe, als der Unfall passierte, hast du einen Schrei von Franz gehört, als er abstürzte?"

Joe war etwas indigniert. Wieso stellte Berlage an einem solchen Anlasse so dumme Fragen?

„Du kannst es wohl nicht lassen, Kommissar Berlage, ja, Franz schrie, als er abstürzte."

„Aha", sagte Berlage, „und Carla, schrie sie auch?"

„Na klar schrie sie auch, was soll das?", meinte Joe etwas irritiert.

„Vor, nach oder zusammen mit Franz?", wollte Berlage noch wissen.

„Na, jetzt ist es aber genug mit diesen dummen Fragen, ich kann mich doch nicht mehr so genau erinnern", brummte Joe.

„Versuch es doch wenigstens", sagte Berlage.

„Na, wenn Du mich so fragst, ich glaube nachher, ich glaube, Franz war schon unten, als sie schrie, aber so genau weiss ich das auch nicht. Ich bin ja dann sofort zurückgelaufen, um zu sehen, was da geschehen war und wie man helfen konnte."

Sara war langsam vom Gespräch der beiden Männer etwas empört und sagte: „So, jetzt hört ihr aber auf mit dem dummen Räuber- und Gendarmspiel!"

Carla trat nun vor die Leute, bedankte sich für die Anteilnahme und verkündete die Begründung einer Stiftung für elternlose Kinder. Das sei ganz im Sinne von Franz, sie hätten ja selber keine Kinder gehabt. Er habe das immer erwähnt und gewünscht. Sie wolle das zu seinem Andenken machen. Die Menge klatschte und war begeistert. Viele dachten aber, die Carla darf ruhig als Alleinerbin eines grossen Vermögens etwas von ihrem neuen Reichtum an die Allgemeinheit abgeben.

Berlage und Sara verliessen dann die Gesellschaft und gingen langsam am Föhnhafen mit allen seinen Jachten entlang in Richtung ihres Hauses. Berlage war in Gedanken versunken, dann fragte er aber Sara: „Hast du Nathalie gesehen? Sie nahm nicht an dem Begräbnis teil."

„Ja, das ist richtig, aber sie war auf dem Friedhof, ich habe sie am Grab ihres Mannes gesehen."

„Ich habe sie auch gesehen, aber es ist doch eigenartig, dass sie dann nicht am Begräbnis teilgenommen hat", meinte Berlage.

Aber Sara beschäftigten viele andere Sachen. Wie reich die Carla jetzt war, ob sie wieder heiraten, ob sie sich ein neues, teures Auto kaufen werde. Auch war es langsam Zeit für das Abendbrot. Sie hatte aus Holland wieder Frikadellen mitgenommen und in der Kühltruhe gelagert. Berlage liebte Frikadellen, doch in der Schweiz bekam man keine richtigen. So schleppte Sara immer im Koffer wohl verpackt eine grosse Menge von Frikadellen in die Schweiz mit. Sie assen im Wintergarten mit Blick auf den Urmiberg und die Bärfalle, was die Gedanken von Berlage nicht gerade von der Sache ablenkte.

Hinterher setzten sie sich vor den Fernsehapparat und schoben eine Video-kassette ein, die den Feldzug des Generals Suworow zeigte, der mit seiner Armee den Gotthardpass überschritten hatte und dann ins Muotatal zog, um von dort weiter über den Praglpass in Richtung Glarus, Klöntalersee und Rheintal zu marschieren. Berlage liebte das Muotatal mit seinen wilden Bachläufen, den knorrigen Bergtannen, den prähistorisch bedeutenden Höhlensystemen, den grössten in Europa. Und den interessanten Leuten dort, von denen man sagte, sie seien teilweise die Nachfahren der Soldaten von Suworow, denen man im Muotatal zu freundliche Gastfreundschaft angeboten hatte. Für Berlage war das Muotatal der perfekte Gegensatz zu seiner holländischen Heimat mit ihren flachen Ebenen und der höchsten Erhebung, die etwa 300 Meter hoch ist. Dann war es für Sara wieder Zeit für die Zeremonie der Vorbereitung des Zubettgehens und sie verschwand im Badzimmer.

Berlage ging in sein Büro und betrachtete die Fotos des Knopfes und des dazu gehörenden Hemdes, schüttelte unzufrieden den Kopf und begann sich ebenfalls für die Nachtruhe vorzubereiten. In der Zwischenzeit kam ein Föhnsturm auf, der in dieser Gegend unglaubliche Dimensionen annehmen kann. Wer das noch nie erlebt hat, wird das erste Mal Angst empfinden. Man meint, dass die Fenster aus den Mauern gerissen werden. In dieser Nacht wurden ganz in der Nähe der Berlages zwei Häuser abgedeckt, zahlreiche Kamine von den Dächern gefegt und Bäume umgerissen. Der See stürmte mit grossen Wellen gegen das Land und überschwemmte grosse Teile des Ufers und des Landungsplatzes der Passagierschiffe.

Berlage schlief ganz schlecht, das Fegen des Föhns und die Sirenen der Einsatzwagen liessen ihn immer wieder erwachen. Auch musste man in solchen Nächten immer für Schadenfälle bereit sein.

Am nächsten Morgen hatte sich der Föhn beruhigt. Es regnete nicht wie üblich nach einem Föhnsturm, oder es hatte schon in der Nacht geregnet. Der Himmel war blau und die Berge zeigten sich in ihrer unschuldigen Schönheit. Die gewaltigen Felsen wirkten, als ihre Flanken sich langsam röteten, zart wie scheue Mädchen. Der See war wieder ruhig, als ob er niemals anders sein könnte. Die Berlages genossen die Ruhe und schliefen etwas länger. Dann kam ein ausgiebiges holländisches Frühstück mit salziger Butter und kernweich gekochten Eiern. Sara stellte dabei immer die Uhr, um den richtigen Zeitpunkt für eine optimale Konsistenz der Erbmassen eines designierten Hühnervogels zu erwischen. Berlage hatte das im Gefühl. Er sagte immer, er könne mit den Eiern sprechen. Bei ihm funktioniertes es immer, die zeitmessende Methode von Sara nur zu 50%, zur grossen Befriedigung von Berlage. Er ging die Zeitungen holen, den örtlichen

„Boten der Urschweiz", den er mehr aus Gefallen und Freundschaft zu dem Chefredaktor, der ganz in der Nähe von ihm wohnte, abonniert hatte, als wegen der literarischen und poetischen Qualität der Provinzzeitung. Aber er bekam auch jeden Tag eine dicke NZZ, die „Neue Zürcher Zeitung", in der zwar konservative politische Überzeugungen regierten, aber wirtschaftliche und kulturelle Nachrichten mit grosser Qualität angeboten wurden.

Zwischen den beiden Zeitungen fand Berlage ein weisses, zugeklebtes Kuvert ohne Beschriftung. Berlage ging zurück ins Haus und riss zuerst das Kuvert auf. Darin befand sich ein Zettel, auf dem in Grossbuchstaben mit schwarzem Filzstift geschrieben war: „HÖR AUF MIT DEINEN SCHNÜFFELEIEN."

Berlage beschloss, Sara nicht von dieser Nachricht zu erzählen. Er überlegte sich, ob man die Herkunft und den Verfasser feststellen könnte. Mit einfachen Mitteln, ohne kriminalistische Untersuchung war das wohl unmöglich. Von diesen Kuverts gab es Tausende, der Filzstift war sicher nicht mehr auffindbar und die Schrift war verstellt. So blieb nur die Analyse des Greifbaren.

Betroffen war seiner Überzeugung nach ja nur eine Person, die nicht daran interessiert war, dass der Tod von Franz Inderbitzin aufgeklärt wurde. Wenn Franz Inderbitzin nicht durch einen Unfall zu Tode gekommen war, dann war der Verfasser dieser Zeilen der Mörder oder ein Freund von ihm.

Dann musste man jene Leute in Betracht ziehen, die von Berlages Untersuchungen wussten. Das waren natürlich Mario und Eliane. Caroline, die Krankenschwester konnte man wohl ausschliessen, oder nicht? Dann war da der Chef der Kriminalpolizei, mit dem er über die Sache gesprochen hatte. Der war wohl a priori auszuschliessen. Mit Joe hatte er gestern noch diskutiert, und der war ziemlich sauer geworden. Sonst kam also niemand in Frage. Dann erinnerte er sich, dass wohl Nathalie etwas mitbekommen haben musste, als sie nach ihrer Expedition zur Bärfalle bei Mario und

Eliane zu Gast war. Sie hatte ihn auch nachher nach Hause gefahren und eigenartige Fragen gestellt. Auch ihr etwas rätselhaftes Verhalten auf dem Friedhof beim Begräbnis war auffallend gewesen. Und die Sara konnte man wohl auch nicht ausschliessen. Aber ihr traute Berlage mehr kriminelle Intelligenz zu.

Berlage kam durch reines Nachdenken zu keinem Ergebnis. Aber sein Verdacht, dass mit dem Tod von Franz etwas nicht stimmen konnte, verdichtete sich immer mehr. Er besass keine Fakten, nur Vermutungen, die sich vielleicht zu Indizien verdichten konnten. Berlage nahm den Zettel und das Kuvert und schloss sie in seinen Schreibtisch ein. Er wollte nicht, dass Sara diese Sachen zu Gesicht bekam. Aber er war entschlossen, nun systematisch den Fall zu verfolgen.

Am nächsten Tag ging er zu Joe ins Baugeschäft und zeigte ihm den Brief mit der Drohung.

„Sagt dir das etwas?", fragte er den sehr erstaunten Mann.

Joe sah immer und immer wieder auf den Zettel. Dann schüttelte er den Kopf: „So ein Blödsinn, was soll denn das, vielleicht ein dummer Bubenstreich?", meinte er, dann gab er Berlage den Zettel zurück.

Die Reaktion des Mannes liess Berlage daran zweifeln, dass er der Verfasser des Drohbriefes war. Auch mussten ja diese Zeilen nichts mit dem Unfall und Tod des Franz Inderbitzin zu tun haben. Vielleicht war er da etwas voreilig gewesen in seinen Schlüssen. Vielleicht war der Verfasser der Zeilen Jan Dreyfuss, der Wirt vom Badhüsli, dem er draufgekommen war, dass er von Holland Drogen in die Schweiz schmuggelte und so die Einkünfte seines Lokals aufbesserte. Die Drogenpraxis in Holland war zwar wesentlich larger als in der Schweiz, aber Berlage sah es mit Bedauern, dass ihm bekannte junge Leute von Brunnen sich bei Dreyfuss versorgen konnten. Der ältere Sohn von Nathalie bekiffte sich ständig und hatte nie Geld. Auch er bezog seinen Stoff für stärkere Trips von Dreyfuss. Berlage hatte Nathalie schon mehrere Male über die Sucht ihres Sohnes aufgeklärt und auch über die Bezugsquelle informiert. Aber Nathalie war auch keine Verächterin, wenn ihre Drogen auch legal waren: Alkohol im Überfluss, Zigaretten paketweise im Tagesrhythmus und schwarzen Kaffee bei jeder Gelegenheit. So wollte sie von den Drogen ihres Sohnes gar nichts wissen. Berlage unterliess es daher, Dreyfuss anzuzeigen, obwohl es bei dem ihm bekannten Chef der Kriminalpolizei nur eines Wortes bedurft hätte, um der Sache ein Ende zu bereiten. Aber unter den Holländern in Brunnen herrschte eine grosse Solidarität und Freundschaft.

Berlage hatte nun andere Sachen im Kopf. Er flog mit seiner Frau in zwei Tagen nach Amsterdam und musste noch alles vorbereiten. Sara war schon sehr nervös und packte seit Tagen ein und dann wieder aus. Das war ein Ritual vor den Reisen, das sie leidenschaftlich liebte. Das Gleiche ereignete sich dann in Holland vor der Abreise nach Brunnen. Da sie sehr oft hin und her reisten, hatte sich Berlage an die Prozedur gewöhnen müssen. Am schlimmsten war es, wen sie mit dem Wagen fuhren. Dann wurden immer noch mehr Koffer ein- und wieder ausgepackt. Aber diesmal würde man ja das Flugzeug nehmen und da musste Sara ihre Koffer immer selber schleppen, was ihre Kleiderlust etwas bremste.

Kapitel 5

Amsterdam ist eine bemerkenswerte Stadt. Sie wird das Venedig des Nordens genannt, wegen der vielen Kanäle, Grachten, die sich ringförmig wie Zwiebelschalen um das Zentrum legen. Sie entstanden aus den Verteidigungsanlagen der mittelalterlichen Stadt. Aber das sensible Gewebe von Gebäuden, von denen man nicht weiss, wie ihre Fundamente aussehen und ob sie vielleicht im nächsten Moment umkippen werden, und Kanälen, deren dunkles Wasser geheimnisvoll von fremden Ländern, Kolonien und Abenteuern erzählt, ist viel mehr als eine Version des nordischen Mythos von Seeschlangen, Elmsfeuern, dem Fliegenden Holländer und Beutezügen in fremde Länder zu verstehen.

Holländer, die rohe Heringe unzerkaut hinunter schlucken, die Vielfalt der Hafenstadt mit betrunkenen Matrosen und Frauen, die sich halb bis ganz nackt hinter den Scheiben von ehemaligen Strassenläden den Begierden der ausgehungerten Fremdlinge und der heimischen Lüstlinge zur Verfügung stellen, all das ist Amsterdam. Es ist auch das Zentrum des europäischen Drogentourismus und wird als „die schwule Hauptstadt von Europa" bezeichnet. Aber Amsterdam hat auch eine grossartige moderne Architektur sowie Zeugnisse des Aufbruchs der Künste in das 20. Jahrhundert. Grosszügige, neue Wohnbauvorhaben, für die innerhalb kürzester Zeit Wohninseln für 60 000 Leute im Wasser der Ouder Amstel und des Anfangs des Ijselmeeres aufgeschüttet worden sind, gehören ebenso zu Amsterdam wie die mittelalterlichen Kontorhäuser aus Backstein, die mit Metallankern zusammengehalten werden, um sie vor dem Wirken der Jahrhunderte zu bewahren. Kalverstraat, wo man alles kaufen kann, von den teuersten Diamanten bis zum legalen Kanabis in einem der Coffee-Shops, riesige Bankgebäude, nicht mit Rasterfassaden, sondern ganz unglaublich im weichen Stil der Anthroposophen, ein Museum, das wie ein sinkendes Schiff im Wasser steht, sind nur ein Teil der Kontraste dieser weltoffenen und modernen Stadt.

Die hier wohnenden Menschen sind festfreudig, trinken gerne Bier, auch die Frauen, haben einen ausgeprägten Sinn für das Praktische, aber auch für gute Geschäfte. Berlage war auch aus diesem Holz geschnitzt, lebensfreudig, den irdischen Freuden zugetan und gerne fröhlich. Aber er hatte während seines Berufslebens als Kriminalist auch alle Arten von Verbrechen in dieser internationalen Stadt kennen gelernt. Nichts Menschliches war ihm fremd. Er konnte auch sehr hart sein und der Gerechtigkeit mit allen Mitteln zum Durchbruch verhelfen. Er hatte viele Verbrecher gemein hereingelegt, um sie zu überführen, Beweisstücke gefälscht und manchmal auch geschossen, wenn er das als letzten Ausweg zur gerechten Bestrafung eines Missetäters empfand.

Als Sara und Berlage am Abend in ihrer wunderschönen Wohnung an der vornehmen Prinsengracht in Amsterdam ankamen, fühlten sie sich beide sehr wohl. Sie lebten gerne in Brunnen, aber die Weltstadt Amsterdam war doch etwas anderes, und Holland war und blieb die Heimat.

Die Prinsengracht liegt direkt an einem breiten gleichnamigen Kanal, in dem Schiffe zirkulieren. Links und rechts davon stehen Baumalleen. An einigen Orten liegen Wohnboote, in denen Menschen ihr ganzes Leben verbringen. Eines der Wohnboote ist aber nur den herren- und frauenlosen Katzen der Stadt Amsterdam gewidmet. Die Wohnung der Berlages war über eine Treppe erreichbar, was bei vielen Häusern in Amsterdam der Fall ist. Im Erdgeschoss gab es Läden. So waren die Wohnräume auch etwas weiter weg vom Wasser, falls einmal der Wasserstand zu hoch sein sollte. Das Haus hatte einen schönen Innenhof mit Terrassen und Pflanzen, die in herbstlichen Farben leuchteten. Die zentrale Lage der Wohnung gestattete eine gute Erreichbarkeit aller wichtigen und interessanten Orte der Stadt. Das Stadtviertel Jordaan war ebenfalls in unmittelbarer Nähe. Hier fand man die interessantesten Läden, viele Künstler und die schönsten Restaurants.

Berlage hatte in seiner Wohnung einen eigenartigen Kamin mit Gasbetrieb installiert, den er per Telefon gefahrlos von überall auf der Welt entfachen konnte. Im Winter brachte er den Kamin von der Schweiz aus in Betrieb, sodass sie bei ihrer Ankunft eine angenehme Wärme und Stimmung empfing. Das war aber das einzige kitschige Element in der Wohnung. Möbel, Bilder und viele Statuen und Plastiken waren von auserlesenem Geschmack. Und an einer Wand hing, wenn die Berlages da waren, ein echter Mondrian, den er aber immer in einem Safe versorgte, wenn sie die Wohnung auch nur für kurze Zeit verliessen. Das mochte etwas eigenartig erscheinen, aber der Wert des Bildes war beträchtlich.

Berlage ging also als eine seiner ersten Handlungen zum Safe, nahm den Mondrian heraus und hängte ihn an die Wand. Dann machte er die Beleuchtung an, setzte sich in einen der Corbusier-Stühle und genoss die Stimmung des Wieder-in Amsterdam-Seins. Obwohl sie fast jeden Monat einmal nach Holland fuhren, war es immer wieder etwas Besonderes. Er zündete sich eine Zigarre an, schaltete eine CD ein und lauschte den Melodien der belgischen Gruppe „Vaya con dios", seiner Lieblingsband. Sara war mit dem Auspacken ihrer Koffer beschäftigt. Auch hatten sie noch nichts gegessen und überlegten, in welches Restaurant sie gehen wollten. Dann läutete das Telefon. Sara nahm ab und rief: „Hallo Rit, das ist aber eine Überraschung, bist Du auch in Amsterdam?"

Rit, die Frau eines Bankdirektors, flüchtete gerne und so oft wie möglich aus Brunnen nach Holland. Sie liebte ihren Mann und ihre Kinder, aber sie konnte sich gar nicht mit der Mentalität der Innerschweizer abfinden. Sie trank gerne viel Bier und Wein, meist so viel, dass sie sehr lustig und fröhlich wurde. Sie fiel dann in Brunnen oft aus dem Rahmen, ihr Mann zog sich meistens aus solchen Orgien zurück, ohne dass er sie hätte zum Heimgehen bewegen können. Seine Kollegen und auch seine Familie machten ihm oft böse Vorwürfe für dieses in der Schweiz sehr unübliche Verhalten einer Frau. Besonders in der Innerschweiz war doch noch eine gewisse patriarchalische Grundstimmung vorherrschend. Eine Frau, die nicht folgte, wenn der Mann sagte, jetzt gehen wir nach Hause, war eher selten. Und eine Frau, die dann alleine betrunken und johlend spät nachts nach Hause ging, war schon gar nicht üblich. Als wohlbekannter Direktor einer Bank schämte er sich jeweils, aber Rit war nicht zu bändigen. Während andere, so brav scheinende Frauen hinter dem Rücken ihrer

Männer sich alle möglichen Seitensprünge gestatteten, sodass in Brunnen schon fast alle geschlechtsreifen Personen miteinander geschlafen hatten, war Rit ihrem Mann absolut treu. Ihre Ehrlichkeit und Direktheit waren bekannt. Sie konnte sehr beleidigend werden, wenn sie etwas zu sagen hatte. Dafür war sie gefürchtet. Ihr Mann stand zu seiner wunderschönen Frau und Mutter seiner Kinder, aber manchmal war es für ihn schwierig, sich der Kritik seiner Umgebung zu entziehen. Dann kam es zu heftigen Auseinandersetzungen mit Rit, die darauf meist einige Tage nach Holland zu ihrer Familie verschwand, um dort wieder im Kreise Gleichgesinnter und Freunde weiterfesten zu können.

Rit schlug natürlich vor, sich zum Abendessen in einem bekannten Restaurant zu treffen. Berlage wusste, wie das enden würde und sagte: „Aber sie soll nicht mit dem Fahrrad kommen, wir bringen sie hinterher nach Hause."

Rit war einmal nach einem feuchten Abend mit dem Velo nach Hause gefahren und in eine Gracht gefallen. Die Grachten hatten keine Geländer und man konnte leicht hineinfallen, wenn man nicht mehr nüchtern war. Rit konnte sich damals retten, sie war eine sehr gute Schwimmerin, aber das Fahrrad wurde nie mehr gefunden.

„Gehen wir doch ins Bordewijk", sagte Sara.

Das Bordewijk war eines der besten Restaurants im Jordaan und Berlage war einverstanden. Er nickte Sara zu und die Sache war abgemacht. In einer Stunde wollte man sich treffen. Während er telefonisch drei Plätze reservierte, sprang Sara noch schnell unter die Dusche, was eine lange Wiederherstellung des Make-ups nach sich zog, sodass sie trotz der mahnenden Worte von Berlage schliesslich mit einer Viertelstunde Verspätung aufbrachen. Sie nahmen ein Taxi, obwohl der Weg nicht sehr weit war.

Rit war schon da und hatte bereits ein Glas Wein fast ausgetrunken. Sie bestellten Seafood und füllten die Zeit bis zum Eintreffen des Essens mit mehreren Aperitifs. Man sprach über dies und das, über Rits Familie in Holland und über den zu Hause gebliebenen Herrn Bankdirektor. Berlage kannte alle Eskapaden von Rit, das Gerede, das in Brunnen über sie kursierte, aber er wusste auch, dass sie eine absolut ehrliche und treue Ehefrau war. Er verstand gut ihr Bedürfnis nach dem fröhlichen Treiben und den Festen, wie es in Holland üblich war. Er vermisste das auch manchmal in der Schweiz, aber dann kam man wieder unter Landsleuten zusammen und konnte ein riesiges Fest feiern. Rit tat das auch hemmungslos mit Schweizern. Und wenn sie bei Holländern waren, machte ihr Mann schon auch gerne mit. Da er aber nur wenig Holländisch verstand und all die holländischen Lieder nicht mitsingen konnte, war es für ihn nicht so lustig. Berlage hatte immer wieder versucht, Rit zu einer gewissen Anpassung an die Innerschweizer Sitten zu bewegen, aber ohne Erfolg. Rit war Protestantin und machte sich sowieso über die Doppelmoral der erzkatholischen Innerschweizer lustig. Sie beobachtete natürlich viele der heimlichen Vorgänge, war in die Informationssysteme der Frauen in Brunnen bestens integriert, und es widersprach ihrer Ehrlichkeit, wenn diese Männer und Frauen dann am Sonntag in die Kirche gingen und vor ihren Schöpfer traten, ohne zu erröten.

Rit hatte schon für die Gesellschaft die dritte Flasche Wein bestellt und war recht aufgekratzt. Sie waren bereits beim Dessert angelangt, als Sara das Gespräch auf den Unfall von Franz Inderbitzin brachte. Sie wollte herausfinden, was so in Brunnen über die Sache gesprochen wurde, und da war Rit eine ausgezeichnete Quelle. Sie hatte ihre Ohren überall und Zugang sowohl zur eleganten Oberschicht durch ihren Mann, den Bankdirektor, als auch zur Welt der einfachen Leute, war sie doch vor ihrem sozialen Aufstieg zur Frau des Bankdirektors Verkäuferin in einer Drogerie gewesen. Rit liess sich nicht lange bitten.

„Ja, die arme, reiche Carla, sie wird nun bald beginnen das Geld ihres Mannes auszugeben", sagte sie spöttisch.

Sara meinte: „Hast Du gar kein Mitleid mit der Witwe, die Sache war ja tragisch."

„Ja, ja", meinte Rit, „Mitleid habe ich schon mit ihr, schon lange."

Berlage mischte sich ein: „Sie war halt schon sehr viel jünger als der Franz."

„Der alte Bock", antwortete Rit, die inzwischen bereits ziemlich betrunken war.

„Was heisst das?", wollte Sara neugierig wissen.

„Der hat es ja bei allen probiert, sogar bei mir", klärte sie Rit auf.

„Das ist ja unglaublich", staunte Sara.

„Aber wahr", sagte Rit.

Berlage wusste, dass Rit einen solchen Vorwurf nicht aus Sensationsgier machte, auch wenn sie schon ziemlich betrunken war. So fragte er nach: „Ja bei wem hat er es denn noch probiert?"

„Das sag ich nicht, das sag ich nicht", sang Rit nun vollhals, sodass das ganze Restaurant sich nach ihr umsah. Sara versuchte noch nachzuhaken, aber aus irgendeinem Grund wollte Rit keine weiteren Informationen von sich geben. Das machte Berlage noch aufmerksamer. Sie war ein durchaus ehrlicher Mensch, der keine Hemmungen hatte, etwas Wahres auch auszudrücken und dazu zu stehen. Er schenkte ihr noch ein Glas Wein ein, in der Absicht, sie noch gesprächiger zu machen. Rit sah ihn schelmisch an und sagte: „Und wenn du mich noch betrunkener machst, sag ich es dir doch nicht, du Schnüffler."

Berlage wusste, dass er im Moment nichts erreichen würde. Es war spät geworden und er bestellte die Rechnung. Rit war auch mit dem Taxi gekommen und sie beschlossen für die Heimfahrt zusammen ein Taxi zu nehmen. Berlage wollte noch wissen, wann Rit heimreisen werde und ob sie zusammen fliegen könnten. Aber Rit musste in zwei Tagen wieder abreisen und die Berlages wollten doch länger bleiben. Im Taxi sassen die beiden Frauen auf dem Rücksitz und tuschelten und kicherten. Bei Rit zu Hause angelangt verabschiedete man sich und wollte sich in Brunnen wieder treffen.

Auf der Heimfahrt war Sara ungewöhnlich still, was Berlage von ihr nach einem solchen Abend nicht kannte. Sein vorsichtiges Fragen hatte keinen Erfolg und Sara verschwand in der Wohnung sofort im Badezimmer, um sich für die Nacht bereit zu machen. Auch Berlage war froh ins Bett zu kommen. Er freute sich schon auf sein gutes holländisches Bett, das er in der Schweiz von allem am meisten vermisst hatte.

Am nächsten Tag erwachten die Berlages mit Kopfweh, der teure Wein war doch nicht so gut gewesen, wie es der Kellner versprochen hatte. Berlage wollte sich mit einem alten Berufskollegen treffen und verliess die Wohnung, während Sara noch im Bett blieb.

Der Kollege wohnte in Den Haag, Berlage fuhr also mit der Strassenbahn zum Bahnhof und bediente den Automaten zum Erhalt einer Fahrkarte. Nach Den Haag war es eine längere Fahrt, die Berlage zuerst neben einem schwarzen jungen Mann verbringen musste, der im Takt der in seinen Kopfhörern ratternden Musik mitwippte. Berlage wechselte die Sitzbank und widmete sich der Betrachtung der vorbeifliegenden Landschaft. Er liebte die Schweizer Berge, aber die unendlich scheinenden Weiten Hollands mit den immer wieder auftauchenden kleinen und grösseren im Sonnenlicht glitzernden Wasserflächen lösten bei ihm ein Gefühl der Heimat und des Zuhauseseins aus.

In Den Haag hatte er mit seinem Kollegen in der Cafeteria des neuen Stadthauses abgemacht. Das Gebäude war ein hässlicher weisser Koloss am Rande der schönen Altstadt. Es hatte Dimensionen, die eigentlich besser nach Manhattan gepasst hätten, aber das Erdgeschoss war ein Teil des urbanen Gehbereichs und wurde viel benutzt. In der Cafeteria gab es sehr guten Kaffee und ausgezeichnetes kleines Gebäck.

Der Kollege sass bereits dort bei seiner zweiten Tasse Espresso. Die Holländer trinken viel Kaffee, den ganzen Tag lang. Berlage begrüsste ihn herzlich und sie begannen von den alten und neuen Zeiten zu sprechen. Berlage erzählte aus seinen kriminalistischen Erfahrungen in der Schweiz und kam auch auf den Fall zu sprechen, der ihn im Moment beschäftigte. Er erzählte von dem tragischen Unfall des Franz Inderbitzin und den undurchsichtigen Begebenheiten rund um ihn.

Der Kollege legte seine Stirn in Falten und meinte: „Da wirst du dir die Zähne ausbeissen, die Sache ist nicht so klar. Du wirst niemals einem möglichen Täter beweisen können, dass er daran beteiligt war."

„Und dann, wenn ich überzeugt bin, was geschehen ist und ich es dem Mörder nicht nachweisen kann?"

Der Kollege legte seine Stirn in noch tiefere Falten: „Berlage, ich weiss, dass du dann die Gerechtigkeit selbst in die Hand nimmst. Das hast Du ja schon einmal gemacht. Aber damals bist du nur knapp einem Verfahren entgangen, weil ich bezeugt habe, dass dein Schuss Notwehr war."

Berlage nickte, aber man sah ihm an, dass er so leicht nicht aufgeben würde. Sie sassen noch lange und diskutierten. Draussen fuhren zwei schwarze Limousinen in Richtung Königspalast vorbei und der ortserfahrene Kollege sagte: „Schau, da fährt unsere Königin."

Berlage war durch sein Leben in der demokratischen Schweiz der Hierarchie der Aristokratie etwas entwachsen. Aber er dachte bei sich: Wie sich die Bilder gleichen! In der Schweiz würde man nun sagen: Schau, ein Bundesrat. So hat jedes Volk die Regierung, die es verdient. Aber die holländische Königin mischte sich gerne unters Volk, machte ihre Einkäufe in der Stadt und hatte keine Berührungsängste. Seit ein Irrer aber versucht hatte, ihr Fahrzeug beim „Koniginnendag" zu rammen, war sie auch etwas vorsichtiger geworden.

Die beiden Männer verabschiedeten sich herzlich, nicht ohne dass der Kollege etwas spöttisch sagte: „Hüte dich vor deinen Wald- und Berggeistern, Berlage!", und er war sich nicht bewusst, dass er in diesem Moment dem Berlage eine Idee in den Kopf gesetzt hatte.

Nach einem kleinen Streifzug durch die belebten Einkaufsstrassen von Den Haag und einigen kleinen Einkäufen kehrte Berlage nach Amsterdam zurück. Sara war nicht zu Hause und Berlage zündete sein Gaskamin an, es war abends schon recht kühl. Ein Glas Wein und eine gute Zigarre verstärken sein Wohlbefinden. Er griff zu einem Buch über Kriminalistik und las im Kapitel über ungelöste Fälle nach. Viele Verbrecher konnten wegen mangelnder Indizien nicht verurteilt werden, da die Justiz immer noch für den Angeklagten entschied, wenn die Beweislage nicht klar war. Andere Bösewichter konnte man klar identifizieren, aber sie entzogen sich der Gerechtigkeit durch Flucht. Berlage war in dieser Frage sehr absolut. Wenn er einem Verbrecher seine Schuld klar nachweisen konnte, dann war der Delinquent zur Rechenschaft zu ziehen. Allerdings dachte er auch an die vielen Fälle, in denen Unschuldige Jahrzehnte lang im Gefängnis sassen. „Summum ius, summa iniuria", heisst ein altes lateinisches Sprichwort: wo die höchste Anwendung des Rechts geschieht, geschieht auch das grösste Unrecht. Berlage war nicht von der Unfehlbarkeit der Justiz überzeugt. Es war ihm mehrere Male passiert, dass seine lückenlose Beweiskette vom Verteidiger des Angeklagten in Frage gestellt wurde und es sogar zu Freisprüchen kam. Dass dem Kriminalisten nach mühevollen, oft auch gefährlichen Untersuchungen ein solcher Ausgang des Falles nicht gefallen konnte, ist selbstverständlich. In einem Fall, den sein Kollege erwähnt hatte, war ein Mörder wegen Mangels an Beweisen frei gesprochen worden. Später waren sie dem Mann auf einer Streife wieder begegnet, als er in einem Laden einbrechen wollte. Berlage liess ihm nicht einmal die Zeit, nach der Waffe zu greifen und erschoss ihn auf der Stelle. Hätte nicht der Kollege bezeugt, dass es Notwehr war, wäre er dort böse drangekommen.

Aber für Berlage war der Tod von Franz Inderbitzin zu einem Fall geworden, der seinen kriminalistischen Intellekt reizte und der zu verfolgen war. In der Zwischenzeit war auch Sara nach Hause gekommen. Sie machte sich in der Küche zu schaffen, kochte etwas typisch Holländisches, wobei sie Gemüse und Kartoffelpüree vermischte, dazu noch Würste warm machte und die Flasche Wein, die Berlage geöffnet hatte, auf den Tisch stellte. Dazu kamen einige brennende Kerzen, und ein stilvoller Abendbrottisch lud Berlage ein, von seiner kriminalistischen Literatur abzulassen.

Sara erzählte dies und das, was sie so im Laufe des Tages erlebt hatte. Sie war für ihren Einkaufsbummel in der der berühmten und teuren Kalverstraat gewesen und hatte im Sportgeschäft „Front Runner" ein Paar neue Sportschuhe gekauft. Rit hatte sie auch noch einmal getroffen und begleitet. Da sie gerne kiffte, ging man dann in einer Nebenstrasse der Kalverstraat in ein Coffeeshop, wo man legal zum Stoff kam und auch legal rauchen durfte. Und nun kam die Überraschung. Gelockert vom Rauchen und vom Zusammensein mit der alten Freundin sagte Rit, was sie dem Berlage am Vorabend nicht hatte verraten wollen, mit wem der alte Franz Inderbitzin ein Verhältnis gehabt hatte: Es war die lustige Witwe des Dorfes, Nathalie, mit der schon lange hinter dem Rücken von Carla etwas gelaufen war. Carla und Nathalie hatten sich nie sehr gut verstanden, aber Carla war nun offenbar wütend und rasend eifersüchtig auf Nathalie. Sicher fürchtete sie auch, den Franz zu verlieren. Nathalie war ja frei und zu haben. Sie passte auch im Alter besser zu Franz und war eine welterfahrene, aus einer adeligen holländischen Familie stammende Frau.

Berlage hatte aufgehört zu essen und hörte mit voller Aufmerksamkeit zu. Hier bildete sich möglicher Weise ein Motiv für ein Verbrechen heraus. Sara sah seine Verblüffung und hakte noch nach: „Ich habe dir gesagt, dass die Carla immer Angst um das Geld ihres Mannes hatte."

Berlage tadelte sie sofort: „Dein Schluss ist sehr voreilig."

Für den Rest des Abendessens blieb Berlage schweigsam und nachdenklich. Alle möglichen Kombinationen bildeten sich in seinem Kopf. Von Unfall infolge zu viel Alkohol über Streit mit Carla, Selbstmord aus Verzweiflung bis Auftragsmord dachte er alle Varianten durch. Doch es fehlten ihm immer noch die notwendigen eindeutigen Beweise.

„In Brunnen tuschelt man schon lange hinter vorgehaltener Hand, dass Carla den Franz aus Eifersucht umgebracht hat", schob Sara nach. Und es machte ihr sichtlich Freude, von einem Gerücht zu wissen, das Berlage noch nicht erreicht hatte.

Berlage war nun ziemlich aufgebracht: „Ich verbiete dir, so einen solchen Unsinn weiterzugeben oder dich an der Verbreitung eines solchen Gerüchts zu beteiligen. Das ist Verleumdung. Die Schwyzer Kriminalpolizei hat den Fall abgeschlossen und einen Unfall konstatiert."

Sara war beleidigt und sagte kein Wort mehr. Sie räumte das Essen ab, ging in die Küche und überliess Berlage seinen Gedanken. Er zündete die vor dem Essen gelöschten noch halbe Zigarre wieder an, nahm sein Buch zur Hand und las, ohne wirklich etwas aufzunehmen.

Es fiel ihm ein, dass sich Nathalie nach seinem Erkundungsausflug an die Unfallstelle bei Mario und Eliane selbst eingeladen hatte und dass sie ihm auf dem Heimweg ganz eigenartige Fragen gestellt hatte. Er verstand nun plötzlich ihr Interesse an der Sache und er beschloss, sie zu befragen, wenn er in einigen Tagen wieder in der Schweiz zurück wäre. Draussen regnete es und ein kalter Wind fegte durch die Grachten. Berlage war müde und ging zu Bett. Sara war immer noch verstimmt und genoss den Aufenthalt im zweiten, ihr gehörenden Badezimmer der Wohnung.

Kapitel 6

Zurück in der Schweiz überlegte sich Berlage, ob er Nathalie anrufen solle. Er nahm den Umweg über Sara. Vielleicht konnte sie ihm ein Treffen vermitteln oder sie wusste, wo Nathalie erreichbar war.

Sara sagte schnippisch: „Aha, der Herr Kommissar ist doch interessiert. Aber komm doch heute Abend mit zur Ausstellungseröffnung in die Galerie."

Die Galerie am Leewasser ist einer der kulturellen Lichtblicke von Brunnen. Monica Amstad, eine elegante, weit gereiste und begüterte Dame gründete vor einigen Jahren mitten in Brunnen am Leewasser eine kleine Kunstgalerie, die durch regelmässige Ausstellungen das sonst an Kunst weniger ereignisstarke Brunner Kulturleben aufbessert. Das Gebäude der Galerie steht direkt am Leewasser, einem zum See führenden grösseren Kanal. Die ganze Brunner Ebene war früher sehr feucht und durch verschiedene kleine Kanäle trocken gelegt worden. Diese Kanäle bilden ein reizvolles, aber wenig valorisiertes System von grösseren und kleineren Wasseradern im flachen Teil von Brunnen. Das eigentliche alte Dorf Brunnen liegt auf einem kleinen Hügel, gut geschützt vor den regelmässigen Hochwassern, welche die Brunner Ebene überschwemmen und immer wieder grossen Schaden anrichten. Aber die Brunner wehren sich standhaft gegen alle Sicherungsmassnahmen, wie ein Bergbauer auch die Lawinen nicht ernst nimmt und sein Haus immer wieder an der Stelle baut, wo die Lawine sein altes weggerissen hat. So ertragen die Seebewohner seit Generationen die Hochwasser des Sees und die sturmgepeitschten Wellen, die bis zu den Läden und Hotels den Landungsplatz der Schiffe überschwemmen.

Die Galerie am Leewasser liegt versteckt hinter anderen Häusern, aber sehr zentral in Brunnen. Man muss schon wissen, wo sie ist, um sie zu finden. In der kleinen Bar im Erdgeschoss des modern gestalteten Gebäudes treffen sich kulturell interessierte Leute, junge und alte, zu einem angeregten Gespräch. Von dort geht der Blick über das Leewasser mit seinen gelegentlich vorbeischwimmenden Enten zum alten Restaurant Edelweiss, das noch ein wenig die Illusion des früheren Brunnen erzeugt. Die guten Diskussionen bei einem Glas Wein an dieser Bar mit interessanten Leuten vor oder nach dem Besuch einer aktuellen Ausstellung in dem kleinen, mehrgeschossigen Gebäude macht aus dem Raum einen Ort, zu dem man gerne zurückkommt. Die moderne, angenehme Architektur bildet einen würdigen Rahmen für die Ausstellungen.

Als Sara und Berlage dort eintrafen, war schon eine angeregte Menge von jungen und alten Kunstfreunden zur Vernissage der Werke eines jungen Künstlers versammelt. Man diskutierte bei einem von der Galerie offerierten Glas Wein über den Künstler, sein Werk und die moderne Kunst im Allgemeinen. Berlage sah Nathalie schon von weitem, wollte sich aber nicht sofort an sein Opfer heranmachen. Er und Sara schüttelten Hände, sprachen mit den vielen Bekannten und versuchten sich eine Meinung über das auf den zwei oberen Geschossen der kleinen Galerie ausgestellte Werk zu machen. Monica Amstad, die Sponsorin und Eigentümerin der Galerie, war auch anwesend und im Gespräch mit dem nur Englisch sprechenden Künstler vertieft. Sie hielt jeweils eine kleine Ansprache zur Einführung des Künstlers und sammelte offenbar noch aktuellen Stoff für ihre Präsentation.

Man versammelte sich schliesslich im oberen Geschoss der Galerie und die Galeristin sprach kurz über den Künstler, seinen Werdegang und die ausgestellten Arbeiten. Während dieser Ansprache näherte sich Berlage Nathalie, sodass er schliesslich hinter ihr stand. Sie drehte sich um, lachte und gab ihm kurz die Hand. Als die Einführung vorbei war, begrüsste sie ihn herzlich, mit den üblichen zwei Küssen links und rechts und dem dritten auf den Mund. Berlage sagte, sie kämen direkt aus Holland und lud sie ein, nachher im Badhüsli noch ein Bier trinken zu gehen. Sie war gerne einverstanden und nach einem kurzen Rundgang verabschiedeten sich Sara, Nathalie und Berlage von Monica Amstad und machten sich in Richtung Badhüsli auf den Weg.

Im Badhüsli angelangt wurden sie von Jan Dreyfuss begrüsst. Er war wieder bester Laune, spielte auf seiner Musikanlage holländische Lieder und sang diese teilweise sogar in ein Mikrofon mit. Ein Spass für die anwesenden Holländer, ein zweifelhaftes Vergnügen für die Einheimischen. Ohne viel zu fragen brachte er drei „biertjes", wusste er doch, dass Holländerinnen und Holländer niemals nein zu einem Bier sagten.

Alles im Badhüsli ist mit holländischen Möbelstücken und Einrichtungsgegenständen ausgestattet und erinnert an eine Hafenbar in Amsterdam. Bei schlechtem Wetter treffen sich an der langen Theke die Einsamen und die momentan Einsamen zu einem Gespräch über Aktuelles, Politisches, Philosophisches oder auch Intimes. Jeder Neuankömmling wirde begrüsst, oder kritisch bis abweisend betrachtet, wenn man ihn nicht kennt. Es handelte sich beim Badhüsli wirklich um den Treffpunkt des Brunner Volkes. Leider finden die Dorfhäuptlinge und die wichtigen Personen der Gemeinde schon lange nicht mehr den Weg ins Badhüsli. So bleiben die Gespräche über Aktuelles immer nur oberflächlich, die Gespräche über Politik immer nebensächlich und die Gespräche über Philosophie immer vom Alkohol beeinflusst. Lediglich die Gespräche über Intimes erreichen bisweilen eine gewisse Tiefe.

Diese auch von den Brunnern geschätzte holländische Ambiance des Lokals wurde durch die laute Art des gegenwärtigen Wirts getrübt. Berlage, Sara und Nathalie nahmen daher in einer etwas abgetrennten logenartigen Sitzgruppe Platz. Nathalie suchte den Stuhl neben Sara und niemand sah, dass sich die beiden Frauen manchmal mit dem Knie unter dem Tisch berührten.

Sara begann von Holland zu erzählen und dass man sich mit Rit getroffen hatte.

„War sie wieder besoffen?", fragte Nathalie.

„Eigentlich nicht mehr als sonst", mischte sich Berlage ein, „einfach so, dass wir sie nach Hause gebracht haben, zur Sicherheit."

Und nun begann Sara ihre Rolle perfekt zu spielen: „Aber am nächsten Tag war ich alleine mit ihr in der Kalverstraat eins kiffen", sagte sie.

„So, so", meinte Nathalie und grinste etwas süffisant.

„Ja, und weisst du, was sie mir erzählt hat über dich?", ging Sara direkt auf ihr Ziel los.

„Na was denn?", fragte Nathalie etwas spitz.

Nun muss man wissen, dass die Holländer eine sehr direkte und unverblümte Art haben, wenn sie sich etwas sagen wollen. Sie kennen keine Hemmungen, dem anderen sehr brutale Sachen ins Gesicht zu sagen. Auch war die Sara vielleicht ein bisschen eifersüchtig auf den männlichen Nebenbuhler und wollte der Nathalie eins auswischen.

„Du hättest ein Verhältnis mit dem Franz Inderbitzin gehabt."

„Ja und, wen geht das etwas an?", gab Nathalie, doch etwas irritiert, zurück.

Nun mischte sich auch Berlage ein: „Zum Beispiel Carla, seine Frau, die du ja so sehr magst."

„Die dumme Kuh soll sich lieber um ihre eigenen Liebschaften kümmern", sagte Nathalie böse.

„Stimmt das mit dem Verhältnis?", wollte Berlage wissen.

„Ja", sagte Nathalie nur und schwieg.

„Bist du deswegen damals zu Mario und Eliane gekommen, um mich auszufragen?", wollte Berlage nun ziemlich energisch wissen. Nathalie hatte auch bei ihm versucht, eine Affäre anzufangen. Er kannte ihre Neigungen und war nicht zimperlich in seiner Befragung.

„Ach was, dummes Zeug!", antwortete Nathalie.

„Wie lange ging denn das schon", fragte Sara.

„Etwa zwei Jahre", gab Nathalie zu, „und der Franz wollte sich von Carla trennen."

„War er denn nicht glücklich mit Carla?"

„Nein gar nicht. Sie war so dumm, dass er mit ihr fast nichts reden konnte. Nur Schach spielte sie so ausgezeichnet, dass der Franz immer verlor. Ihr ging es wirklich nur um sein Geld. Liebe machte sie nur für Gegenleistungen: Goldringe, Armbänder, Schmuck und so weiter", brach es nun aus Nathalie hervor.

„Wusste Carla von eurem Verhältnis?", wollte Berlage wissen.

„Ja, natürlich. Er sprach mit ihr ganz offen darüber und sie machte ihm immer schreckliche Eifersuchtsszenen."

Berlage erinnerte sich an die Erzählung der Wirte von der Bärfalle, dass Carla dem Franz dort offenbar vor dem Abstieg eine fürchterliche Szene gemacht hatte.

„Wie habt ihr, Du und Franz, euch die Zukunft eurer Beziehung vorgestellt?", wollte Sara nun wissen. Vielleicht dachte sie bei dieser Frage auch an ihre eigene Beziehung zu Nathalie.

„Ich wollte den Franz heiraten. Er war als Katholik, verheiratet und vom Sakrament der Ehe sehr überzeugt, so vermied er solche Diskussionen. Aber mit der Zeit hätte ich ihn schon herumgekriegt. Das Hindernis war einfach Carla."

„Wo warst denn du zur Zeit des Unfalls?", fragte Berlage.

„Verdächtigst du mich vielleicht?", kam es gereizt von Nathalie.

„Ich verdächtige alle, das ist das Grundprinzip meines Berufs. Ich weiss allerdings nicht, welchen Grund du gehabt hättest, den Franz umzubringen. Die Carla wäre schon eher ein Opfer für dich gewesen", war Berlages Antwort, eine Routineantwort, die alle Kriminalisten gegeben hätten. Seine Gedanken waren aber viel konkreter: er mutete der Nathalie zumindest einen Einfluss auf Inderbitzins Tod zu und war entschlossen, das herauszufinden.

Nathalie rauchte eine Zigarette nach der anderen und schüttete sich ständig Wein aus der Flasche nach. Sara legte ihre Hand beruhigend auf die der Freundin und sagte: „Hat er dir etwas versprochen?"

Nathalie vermied die Augen ihres Gegenübers. Ihre Worte kamen nun nur noch zögernd: „Nein, aber er sagte immer, wenn Carla nicht wäre, würde er mich sofort heiraten."

„Und Carla wusste das?", kam es von Berlage.

„Ja, und ich habe es ihr auch gesagt, diesem Luder", brach es aus Nathalie hervor. Nun verstanden die Berlages, warum Nathalie beim Begräbnis sich abseits gehalten hatte und im Trauerzug nicht mitgegangen war.

„Hast du dir nun überlegt, wo du zur Zeit des Unfalls warst?" hakte Berlage nach.

„Zum Teufel, ich war allein zu Hause und habe Fernsehen geschaut, bist du jetzt zufrieden, du Schnüffler", antwortete Nathalie nun sehr unbeherrscht und auf Deutsch. Die Leute in der Bar sahen sich um und wurden langsam auf die drei aufmerksam.

Beim Wort Schnüffler horchte Berlage auf. War Nathalie die Verfasserin der Drohung, die er erhalten hatte? „So eine Drohung mit dem Wort Schnüffler habe ich kürzlich erhalten, schriftlich in meinen Briefkasten, warst du die Verfasserin?", wollte er wissen.

Nathalie hatte aber nun genug, sie stand auf und verliess grusslos die Bar. Berlage und Sara sahen sich an. Sie wollte wissen: „Was ist das mit dieser Drohung?"

Berlage hatte ihr ja von dem Zettel in seinem Briefkasten nichts gesagt. Er erklärte ihr nun die Sache und sie schüttelte nur ratlos den Kopf: „Du wirst dir noch Troubles schaffen, wir sind hier in Brunnen und nicht in Holland. Hier gibt es Verbindungen und Bünde, die du unterschätzt."

Aber Berlage hatte keine Angst, das war für ihn bekanntes Berufsrisiko. Er beschloss aber, von nun an wieder seine alte Dienstpistole einzustecken. Die Nächte waren dunkel und die Strassen menschenleer in Brunnen.

Sie zahlten, auch für Nathalie, und erhoben sich. Dreyfuss wollte wissen, was denn los gewesen sei. Aber Berlage winkte ab. „Frauengeschichten", meinte er nur lakonisch. Dreyfuss kehrte zu seiner Bar zurück und begann wieder ein beliebtes holländisches Lied in sein Mikrofon zu röhren, dessen Übersetzung etwa lauten würde: „Ich war ein Clown", was man dem Wirt sofort abnahm.

In Berlages Kopf begannen sich nun verschiedene Theorien zu formulieren. Entweder hatte Nathalie die Hände im Spiel gehabt. Niemand hätte es bemerkt, wenn sie im Dunkel des Waldes aufgetaucht wäre und entweder Carla oder Franz hinab gestossen hätte. Die eine hasste sie, sie war ihr im Weg, den anderen liebte sie, und er wollte sie nicht heiraten. Es wäre aber auch möglich, dass sich Franz der Carla entledigen wollte und dabei selbst abgestürzt war. Carla würde das freiwillig nie zugeben. Und schliesslich war Carla die Hauptverdächtige, die eifersüchtig war und ausserdem Angst hatte, dass sich Franz von ihr trennte. Ob sie einen Helfer gehabt hatte oder nicht, war dann aber die Frage. Joe war in der Nähe gewesen, er hatte Berlage bereits wegen seiner Nachforschungen angegriffen. Hatte Joe den Zettel verfasst, obwohl er es leugnete? Oder gab es noch einen anderen potenziellen Helfer? Saras Liebe zu Nathalie kannte er nicht. Hätte er das gewusst, wäre für ihn wohl noch eine Verdächtige dazu gekommen. Aber das war ja Unsinn.

Sara machte ihm zwar auf dem Heimweg Vorwürfe wegen seiner brutalen Fragerei, aber sie wollte auch wissen, was er nun unternehmen werde.

Berlage sagte: „Warten, geduldig warten, vielleicht verrät sich jemand oder vielleicht ergibt sich wieder etwas Neues. Bis jetzt sind alle Informationen von selbst zu uns gekommen."

Dabei dachte er, in Brunnen sei die Gerüchteküche so stark, dass viel von selbst an den Tag komme, die reinste Informationsmaschine. Aber eigentlich beschäftigte ihn ganz etwas anderes. Sollte sich wirklich sein Verdacht zu einer Gewissheit verdichten und der oder die Betreffende gab es nicht zu, dann würde eine Beweisführung praktisch unmöglich sein. Er wollte aber zunächst die Wahrheit herausbekommen.

Es war spät, als sie nach Hause kamen. Berlage ging in sein Büro und holte den Drohbrief, um ihn Sara zu zeigen. Aber auch sie wurde nicht schlau daraus. Sie kannten Nathalies Schrift und Berlage war fast überzeugt, dass diese die Zeilen verfasst hatte. Aber Sara winkte ab, beweisen liess sich das nicht.

Sara begann ihre übliche Vorbereitungsarbeit für die Schlafruhe. Berlage ging wieder in sein Büro, um sich die verschiedenen Tatzeugnisse nochmals anzusehen. Das Taschentuch mit den Knöpfen darin und den kleinen Hemdenknopf. Er war sicher, dass darin die Lösung oder wenigstens ein Hinweis verborgen lag. Wieso nahm ein zu Tode verwundeter Mann sein Taschentuch und machte Knöpfe hinein? Das machte man nur, um sich an etwas zu erinnern. Und warum riss er aus der Innenseite seines Hemdes einen Reservekopf ab und hielt ihn die ganze Zeit in seiner Faust? Aber er kam nicht weiter. So ging er auch zu Bett, wo Sara schon fein nach Schokoladecreme duftend lag und am Einschlafen war.

Am nächsten Tag wurde er von der aufgeregten Stimme Saras geweckt: „Peter Paul, wieder ein Drohbrief!"

Berlage versuchte, die zusammenklebenden und tränenden Augen zu öffnen. Er sah Sara im Morgenmantel, die ein Papier schwenkte. Er nahm die

Brille vom Nachttisch. Da stand wieder in Grossbuchstaben: „DAS IST DIE LETZTE WARNUNG, DU SCHNÜFFLER".

Nun wusste Berlage, dass er offenbar einen empfindlichen Nerv getroffen hatte. Joe schied seiner Ansicht nach aus. Und sonst hatte er ja nur mit Nathalie gesprochen. War sie die Urheberin dieser Drohbriefe?

Berlages beide Hirnhälften begannen langsam zu arbeiten und Synergien zu entwickeln. Er erhob sich und machte sich zunächst den ersten der vielen Kaffees, die er am Tag trank. Dann nahm er ein Stück Schokolade, um seinem Gehirn Kohlehydrate zuzuführen. Als das alles nicht so recht funktionieren wollte, griff er zur Whiskyflasche und schenkte sich ein Glas ein. Es war unwahrscheinlich, dass Nathalie nach ihrem gestrigen Gespräch durch einen solchen Brief sich selbst beschuldigen würde. Besonders, nachdem er gestern sie als Autorin der ersten Mitteilung vermutet hatte. So dumm würde sie sich nicht selbst verdächtig machen.

Sara lief nervös im Haus herum und verfluchte Berlages Beruf. Er machte sie darauf aufmerksam, dass er seit 40 Jahren diesen Beruf ausübe, sie ja genau gewusst habe, auf was sie sich einliess, als sie ihn heiratete. Autofahren sei auch gefährlich, der Haushalt auch, und so weiter. Sie hasste es, wenn er so ironisch wurde. Ob man nicht zur Polizei gehen solle, meinte sie. Aber Berlage winkte ab. Kein vernünftiger Polizist würde die ganze Geschichte ernst nehmen. Fasnacht stand vor der Türe und man würde ihm das als verfrühten Fasnachtsscherz auslegen und in der Fasnachtszeitung darüber berichten.

Sara verschwand zur Morgentoilette in ihrem Badezimmer. Die nächste halbe Stunde würde er nun Ruhe von ihr haben. Berlage ging in sein kleines Badezimmer, nahm eine Dusche und rasierte sich. Das war bei ihm altmodisch, mit viel Rasierschaum und einem gefährlich aussehenden Rasiermesser. Meist führte das zu Blutungen. Berlage dachte, dass Rasieren auch gefährlich sei, und er das ja jeden Tag auf sich nahm. Als er fertig war und sich ankleidete, ging er zum Safe und nahm seine alte Dienstwaffe, einen Browning, heraus. Er prüfte die Waffe, die in sehr gutem Zustand, war, geölt und einsatzbereit. Das hatte er immer so gehalten, auch nach seinem Ausscheiden aus dem aktiven Dienst. Er nahm ein Magazin aus dem Safe und steckte die Waffe und das Magazin in seine Jackentasche. Es war zwar in der Schweiz verboten, nicht gemeldete Waffen zu besitzen, aber Berlage war immer noch Holländer. Er wollte sich nie einbürgern lassen, da er aber auch in der Schweiz wegen seines und Saras hier angelegten Vermögens ein guter Steuerzahler war, blieb er auch ohne Einbürgerung willkommen.

„Sara, ich gehe schnell zum Kiosk", rief er.

Aus dem Badezimmer kam ein dunkles „Ja" und Berlage verliess das Haus. Er machte einen kleinen Umweg, kam am Föhnhafen vorbei, wo die meisten Schiffe schon ausgewassert waren. Bei Wind kam immer viel Schwemmholz in den Hafen. Ausserdem war er sehr klein. Darum hatte man weiter draussen in Richtung Gersau im Fallenbach einen neuen, modernen Hafen und eine Marina gebaut. Aber die Elite von Brunnen hatte ihre Boote im Föhnhafen, einige Schritte vom Zentrum und der Schiffsstation entfernt. Berlage hatte einen Moment Heimweh nach Holland, dann lief er den See entlang am „Waldstätter Hof" vorbei zum Kiosk. Die kleine Bar daneben, in der man feine Panini haben konnte, war schon am Morgen voll. Hier trafen sich vor allem die jungen Leute von Brunnen. Durch die Scheiben sah Berlage Rit, die wieder aus Holland zurück war. Sie hatte bereits das erste Glas Wein vor sich. Als sie Berlage sah, lachte sie schallend, drohte ihm mit dem Finger und nahm einen grossen Schluck aus ihrem Weinglas. Es kam ihm in den Sinn, dass sie ihn auch in Amsterdam einen Schnüffler genannt hatte. Ihr mutete er durchaus eine solche Bosheit zu. Damit erweiterte sich der Kreis der Verdächtigen.

Kapitel 7

B runnen begann sich auf die schönste Zeit im Jahr vorzubereiten, die Fasnacht. Die beiden Fasnachtsvereine, die Bartligesellschaft und die Nüssler, sandten ihre Sammler aus, um die Vereinskasse zu füllen. Diese beiden Gruppen sind tief in der Bevölkerung von Brunnen verwurzelt. So können die Sammler, die systematisch von Wohnungstür zu Wohnungstür und von Haustür zu Haustür gehen, jedes Jahr mehrere 10 000 Franken sammeln, die für die Vereinskasse bestimmt sind und die verschiedenen Aktivitäten der Vereine finanzieren.

Das Fasnachtstreiben in Brunnen ist eine kulturelle Institution, die man nicht missen will, ein Stück urschweizerische Heimat. Die nachfolgende Beschreibung soll helfen, die Geschehnisse, welche sich vor diesem Hintergrund abspielten, besser zu verstehen[7]. Während des 1. Weltkrieges fast vergessen, wurde 1938 im Narrendorf Brunnen die Nüsslergesellschaft Brunnen-Ingebohl mit 16 Mitgliedern gegründet. Woher der Name „Nüssler" kommt, ist nicht nachweisbar. Vielleicht, weil sie Früchte und Nüsse an die Zuschauer warfen. Die Nüssler führen eine Art Tanz vor, bei dem sie sich in kleinen Schritten tänzelnd fortbewegen. Wenn das in Gruppen erfolgt, sieht das recht eigenartig, ja fast archaisch aus. Während des zweiten Weltkrieges gingen nur 2 „Maschgeraden" (Maskengruppen der Nüssler) auf die Strasse. Heute hat die Nüsslergesellschaft etwa 450 Mitglieder.

Die 1900 gegründete Bartligesellschaft ist die zweite Fasnachtsvereinigung von Brunnen. Nüssler und Bartligesellschaft stehen sich in freundlicher Konkurrenz gegenüber. Ganz der Bartligesellschaft gehört der Schmutzige Donnerstag, an dem nachmittags alljährlich ein Umzug stattfindet, gefolgt vom Wurst- und Brot-Verteilen, und abends der Verbrennung

---

[7] Es ist eine Zusammenfassung aus den Archiven der Nüsslergesellschaft und der Bartligesellschaft, die sich auch unter www.nuessler-brunnen-ingenbohl.ch und www.bartli-brunnen.ch detailliert finden

des Harligingg. Die Nacht gehört dann dem Treiben der Masken und den Spässen des Volkes. Die Bartlileute sind eine verschworenen Gesellschaft. Währen des Jahres arbeiten sie zusammen an den prächtigen Wagen, die dann am Umzug teilnehmen und aktuelle Motive aufnehmen. Den ganzen Tag ziehen verkleidete Guggenmusiken durch das Dorf und die Restaurants und unterhalten das Publikum mit ihren kakophonischen Darbietungen.

Der Name Bartli geht auf den Apostel St. Bartholomäus, der als Schutzpatron der Pfarrkirche den Ehrenplatz auf dem rechten Seitenaltar hatte. Beim Bau der neuen Pfarrkirche ist dieser «Bartli» 1659 verdrängt worden, worauf die Brunner ein profanes Bildnis des beliebten Bartli bei der Sust in der Nähe der Bootslandungsstelle errichtet und ihm an der Fasnacht die Ehre gegeben haben. Die Reliquie der Bartligesellschaft ist ein handgeschnitzter Bartlibecher, einen Weinbauern mit Pluderhose und Wams darstellend. Die Inschrift auf der Unterseite des Bechers datiert aus dem Jahr 1770, ein Silberbeschlag deutet aber bereits auf das 17. Jahrhundert hin. Das Treiben der Bartligesellschaft ist daher älter und geht vermutlich auf die italienische Comedia dell' Arte zurück, worauf auch der Name der Bartlifigur „Harlegingg" (Harlekin/Arlecchino) hinweist. 1741 verbot der Rat zu Schwyz die Fasnachtsaufführung. In den Archiven ist zu finden, dass «zur Fasnacht zwölf rundi Herren unter der Leitung Fürst Bartlis" in Brunnen derbe Spiele aufgeführt hätten. Das passte den Herren in Schwyz nicht, die sich in ihrer Autorität bedroht fühlten. Es handelte sich dabei um eine Art der populistischen Neubürger-Aufnahme, Zugezogene mussten sich dem Dorfgericht stellen, wurden – ebenso wie Einheimische – verspottet und konnten sich durch die Bezahlung von Wein «freikaufen». Bis heute besteht zwischen Brunnen und Schwyz ein etwas gespanntes Verhältnis und die Brunner nennen die Schwyzer eben nur die „Stehkragler". Diese Xenophobie scheint aber auch sonst in der Schweiz traditionelle Hintergründe zu haben und tönt in verschiedenen aktuellen Volksentscheiden wieder. Was Brunnen betrifft, ist bereits der Einwohner des Nachbardorfs Ibach „ein Fremder" und bleibt es sein Leben lang. Wohl wird er integriert in das tägliche Geschehen, aber dazu gehören wird er nie.

Die Bartligesellschaft, jetzt etwa 300 Mitglieder zählend, kürt jedes Jahr ihren Bartlivater. Er ist die Ehrenfigur der Fasnacht und bleibt ein ganzes Jahr in dieser Funktion. Seine Frau oder Begleiterin, die Bartlimutter, ist eine unter den Frauen des Dorfes sehr angesehene und begehrte Funktion.

Die sonst übliche Trennung von den intellektuellen Dorfweisen und dem Volk ist in der Fasnacht weitgehend aufgehoben. Jeder gestattet sich Auszeiten aus seinem alltäglichen Leben und viele Dinge geschehen, die sonst nicht möglich wären. Darum hat die Obrigkeit in Schwyz eben in früheren Zeiten besonders die Bartli-Spiele verboten.

Berlage und Sara waren ebenfalls Mitglieder der Bartli-Gesellschaft. Sie nahmen mit grossem Vergnügen an den verschiedenen Anlässen teil, spendeten in die Vereinskasse und bestaunten immer den prächtigen Umzug der Bartligesellschaft am Schmutzigen Donnerstag, liebevoll von den Brunnern „Schmudo" genannt. Es war der grosse Wunsch Saras, einmal Bartli-Mutter zu werden, aber so weit war ihre Integration in Brunnen noch nicht gediehen. Ausserdem war Berlage knauserig, und von einem Bartli-Vater erwartete man sich viele kostspielige Spenden und Einladungen. Hingegen waren Rit und ihr Mann, als Direktor einer grossen Bank, bereits einmal Bartli-Paar gewesen, was Saras grosse Eifersucht geweckt hatte. Rit konnte in der Fasnacht so richtig trinken, tanzen und sich gehen lassen. Das prächtige Bartlimutter-Kleid stand ihr ganz wunderbar. Ihr Mann zeigte sich aus PR-Gründen an gewissen Anlässen, war sehr stolz auf seine gut aussehende Frau, zog sich aber meist zurück, bevor es richtig lustig und ausgelassen wurde. Ganz im Gegensatz zu seiner Frau.

Und auch Nathalie genoss die Fasnacht mit ihren vielen Gelegenheiten des Flirtens bis zum Einbruch in die Ehen der braven Brunner Männer und Frauen. Sie musste mit jedem Mann anbändeln. Als ihre Kinder noch kleiner waren, warf man ihr häufig vor, dass die junge Witwe ihre Mutterpflichten nicht so ernst nehme und ihre Kinder oft allein lasse. Sie war langjähriges Mitglied der Bartligesellschaft und spielte dort eine wichtige Rolle. Von allen Holländern in Brunnen war sie wohl die am besten integrierte Person, mit allen sehr befreundet und trotz – oder wegen? – ihrer Einbrüche in fremde

Schlafzimmer bei Herren und Damen sehr beliebt. Hätte Franz sie zur Frau gehabt, wäre er gesellschaftlich noch besser eingebunden gewesen.

So war es nicht erstaunlich, dass Rit und Nathalie eines Abends an die Türe der Berlages klopften, um für die Bartli-Gesellschaft zu sammeln. Es blieb nicht beim Spenden, sondern es wurde daraus ein sehr feuchter Abend. Das Bier floss in Strömen und sogar Berlage trank über seinen Durst. Aber er war noch genügend klar, um die beiden Drohbriefe aus seinem Büro zu holen und sie den beiden Frauen vorzulegen.

Rit und Nathalie waren schon ziemlich besoffen und begannen plötzlich laut zu lachen und dem Berlage auf seine breiten Schultern zu schlagen.

„Ha, ha, ha", lachte Rit.

Sie nahm einen Kugelschreiber vom Tisch und schrieb auf dem Papier mit Blockbuchstaben: DU TROTTEL.

Die Schrift war die gleiche, wie auf den Drohbriefen, und Berlage musste einsehen, dass er hier einem Scherz zum Opfer gefallen war.

Nathalie sagte

„Wie ich bei Mario und Eliane war, habe ich begriffen, dass du auf der richtigen Spur warst. Darum bin ich auch hingegangen, um dich auszuhorchen."

Dann sagte Rit: „Ich wusste von Nathalies Verhältnis mit Franz und wollte Dich bremsen".

Berlage wollte aber von Nathalie nochmals wissen, wie sie sich denn die Fortsetzung der Sache vorgestellt habe.

Nathalie begann plötzlich zu weinen: „Er hat mir immer gesagt, dass er mich so gern habe und dass er mich sofort heiraten würde, wenn Carla nicht wäre".

Berlage schüttelte den Kopf, ein Teil seiner Theorien war zusammengebrochen und er konnte die Pistole auch wieder versorgen. Er kam sich sehr blöd vor. Auch sah er das spöttische Lächeln von Sara.

„Raus jetzt, ihr dummen Hühner, geht nach Hause", sagte er ziemlich böse.

Rit und Nathalie nahmen ihre Klamotten. Nathalie hatte sich schon wieder gefasst und die beiden Frauen verliessen singend und lachend die Berlages, um noch an einem anderen Ort weiterzufesten. Das Sammeln war für diesen Abend zu Ende.

Am nächsten Tag erwachte Berlage mit einem sehr dummen Kopf und war etwas ratlos. Ein Teil des Puzzles hatte sich gelöst. Das Verhältnis von Nathalie und Franz Inderbitzin hatte sich bestätigt und die Drohbriefe waren ein Scherz von Rit und Nathalie gewesen. Sein Interesse begann sich wieder stärker Carla und den Ereignissen um sie zuzuwenden. Sie war das einzige „Untersuchungsobjekt", das jetzt noch blieb.

Carla war, wie gesagt, nicht sehr beliebt in Brunnen. Sie kam auch nicht aus Brunnen, sondern vom Sattel, weit oben auf dem Berg, und war für die wassergeprägten Brunner, früher Fischer und Fährleute, eine Bergbewohnerin, die es mit den Ziegen und Schafen hatte, eine andere Welt. Ausserdem kam sie aus einer sehr armen Familie, hatte keine höheren Schulen besucht und war ein sehr einfaches Gemüt. Franz war von ihrer Jugend und ihrer Attraktivität geblendet und sie hatte auch nichts ausgelassen, sich ihm an den Hals zu werfen. Das war für den alternden Mann natürlich eine grosse Versuchung gewesen. Aber Carla war mindestens so lebhaft und aktiv wie Nathalie, wenn es um Feste ging. Sie konnte Nächte durchtanzen, lachen, immer freundlich sein. Das war nun in dieser Fasnacht nicht möglich. Sie war Witwe in Trauer, bekam von der Bartli-Gesellschaft das übliche Witwenpaket und musste auf die Lustbarkeiten verzichten. Dafür stand sehr schnell ein neues teures Auto vor ihrer Türe und man erfuhr, dass sie viel Geld für neue Kleider und Schmuck sowie für Körperpflege, Fitness und Spa ausgab, wozu sie immer nach Weggis ins teure Parkhotel fuhr.

Berlage ging oft abends an ihrem Haus vorbei und versuchte, hinter den Vorhängen etwas zu erspähen. Er glaubte an den Regisseur Zufall. Aber seine Erwartungen wurden nicht erfüllt. Die Witwe war meist brav zu Hause. Der Hund, den Franz so gern gehabt hatte, war weggeben worden. Früher war sie immer mit einer ganzen Clique im Restaurant Kleinstadt gesessen. Aber das war jetzt vorbei. Die Vorhänge waren immer dicht zugezogen. Manchmal sah er den BMW des Regierungsrates, der die Ansprache beim Begräbnis gehalten hatte, vor Carlas Haus. Aber der war auch Witwer und wollte nun die neue Witwe wohl trösten. Eine aus Brunnen stammende Angestellte des Parkhotels in Weggis, wo Carla immer zum Wellness hinging, wollte allerdings gesehen haben, dass man auch dort sehr häufig den Herrn Regierungsrat antraf, wenn Carla anwesend war. Das ging wohl über ein einfaches Trösten hinaus und man wettete bereits in Brunnen, wie lange die beiden warten würden, bis sie ihr Verhältnis öffentlich machten. Der Regierungsrat war etwas älter als Carla, ebenfalls recht bemittelt, aus der gleichen Partei wie der verstorbene Nationalrat, es passte also wieder alles bestens. Nur die Bildungsebene war sehr verschieden, aber viele Männer achten nicht so sehr auf diese Qualitäten, wenn ihre Hormone sie zum Weibe drängen.

Weihnachten kam und das Neue Jahr, Berlage und Sara flogen wieder für einige Tage nach Holland, um dort nach holländischer Art die Feiertage zu verbringen. In Brunnen fiel ein halber Meter Schnee, der sich dann sehr schnell in Schneematsch verwandelte. Die Berlages kamen am Dreikönigstag zurück und versuchten sich, wieder in Brunnen, das Im Fasnachtsfieber war, zurechtzufinden. Berlage begann sich erneuet mit dem Fall zu beschäftigen, bei dem er nicht weiter kam. Er wusste allerdings nicht, wo er ansetzen sollte. Er sah nur noch die Möglichkeit, mit Carla einmal zu sprechen, das hiess bei ihm, sie zu verhören. Aber er wollte die Feiertage vorbei gehen lassen.

Am Abend vor dem Schmutzigen Donnerstag gingen Sara und Berlage in den Ochsen, ein Restaurant in einem alten historischen Haus am Platz der Bundeskapelle. Der Wirt hatte dort einen ziemlich unsensiblen Glasvorbau errichten lassen, der aber bei der Bevölkerung sehr beliebt war, da man von dort aus einen guten Überblick über das Geschehen im Dorf hatte. Die Spezialität des Restaurants waren Brathähnchen, die Berlage sehr schätzte. Sara aber verabscheute die in Öl gebratenen Vögel und den Geruch nach schwerem Fett. Sie assen also im Vorbau und gingen dann ins Innere des alten Restaurants an den Stammtisch, wo eine lustige Runde am Trinken war, darunter auch der jüngere Sohn von Nathalie, Ron. Er war ein hübscher Kerl mit den grossen braunen Augen seiner Mutter und dem Gesichtsschnitt des Vaters. Als Kraftfahrzeugmechaniker verdiente er gut, hatte seine eigene kleine Wohnung, hielt aber nicht sehr viel von seiner Mutter, deren lockeren Lebenswandel er nicht billigte. Er sprach perfekt Holländisch und ging auch gerne nach Holland. Sein Laster war das Schnupfen, wozu er alle Leute einlud und oft nötigte. Wenn die Anfänger dann fast an der Prise starben, hatte er eine boshafte Freude. Er fühlte sich dann gross und stark und führte vor, wie man als richtiger Mann, ohne zu reagieren, das rote Zeug in sich hineinzog.

Als Sara und Berlage sich an den Tisch gesellten, bestellten sie zunächst eine Runde für alle und sprachen dann auf Holländisch Ron an. Der war schon etwas betrunken, aber sie lachten zusammen, und man begann in der Runde muntere Sprüche zu klopfen. Gegen Mitternacht waren die Themen erschöpft und alle ziemlich betrunken.

Sara und Berlage wollten noch nicht nach Hause und gingen in ein kleines Lokal neben dem Ochsen, die Enothek, in der man alles Erdenkliche trinken, mit der hübschen Barfrau flirten und mit Leuten des Dorfes tratschen konnte. Man musste von der Strasse einige Stufen hinuntersteigen, um in die Bar zu kommen, die sehr gut besetzt war, aber für Sara und Berlage fanden sich noch zwei freie Barhocker. Sie bestellten ein Glas Weisswein bei der tief dekolletierten deutschen Barfrau und begannen mit den Anwesenden zu lachen und zu sprechen.

Lange nach Mitternacht kam auch der ältere Sohn von Nathalie, Mark, zur Türe herein. Er war das pure Gegenteil seines Bruders Ron, immer schlampig gekleidet und ungepflegt. Während Ron ein einfacher sympathischer Handwerker war, der gerne lachte und ein Bierchen trank, war sein Bruder ein Möchtegern-Intellektueller, der wegen seines Drogen-konsums aus dem Gymnasium Ingenbohl geflogen war und sich seither in verschiedenen Berufen versuchte. Gegenwärtig arbeitete er bei einem Innenarchitekten, da er sehr gut zeichnen konnte. Diese Stelle hatte er aber nur bekommen, weil seine Mutter einmal mit diesem Mann im Bett war. Mark hatte nie Geld, da er es vor allem für seinen Drogenkonsum brauchte, und nahm an den Versammlungen einer rechtsextremen Ver-einigung teil. Er war ein Taugenichts, der seiner Mutter immer noch auf der Tasche lag. Aber sie liebte ihre beiden Söhne und liess nichts über sie kommen. Mark begrüsste Berlage und Sara und liess sich gerne auf ein Glas Wein einladen.

„Wie geht's dem Ältesten?", fragte Berlage auf Holländisch.

Marc zog ein schräges Gesicht und sagte: „Ja, ja, ich muss immer auf Mama und das Küken aufpassen, ich komme mir vor wie ein Familienvater."

Die beiden Buben hatten den Vater in einem sehr dummen Alter verloren, die Mutter hatte ständig ihre Affären und die Kinder waren oft allein. Ber-lage hatte schon immer versucht, ein wenig in die Erziehung einzugreifen, aber das war nicht so einfach. Die Buben waren bald sehr selbständig und störrisch. Nur wenn er sie in Holland traf, waren sie wie ausgewechselt, benahmen sich anständig und waren seinen erzieherischen Bemühungen zugänglich. Aber kaum in der Schweiz zurück, waren sie wieder bockig und unerziehbar.

Mark begann unruhig zu werden und sagte „Ich muss mal schnell ver-schwinden", und ging in den hinteren Teil der Bar zu den Toiletten.

Als er nach längerer Zeit nicht zurückkam, sagte Berlage zu Sara: „Der setzt sich wieder einen Schuss da hinten, ich werde mal nachschauen gehen."

„Lass ihn doch, das geht dich nichts an, du weisst doch, dass da nichts zu machen ist."

Aber Berlage konnte nicht so einfach aufgeben. Er stand auf und ging nach hinten zu den Toiletten. Es gab nur ein WC für Herren und eines für Damen. Im Herren-WC war Mark nicht, dort wäre er durch das Pissoire zu stark gestört worden. Im Damen-WC war bereits die Türe des Vorraums geschlossen und Berlage klopfte an: „Mach auf Mark und komm heraus!", rief er.

Zuerst kam keine Antwort, dann öffnete sich die Türe und Mark kam heraus. Seine Augen traten aus den Höhlen heraus und er setzte sich auf einen der Plüschstühle vor dem WC. Es war offensichtlich, dass er sich einen Schuss gesetzt hatte.

„Hau ab und lass mich in Ruhe, du fetter Holländer", sagte er.

Berlage nahm ihn an den Schultern und sagte: „Junge, so kann das nicht weiter gehen, du musst zu einem Arzt. Denk doch an deine Mutter."

„Hör mir auf mit meiner Mutter, sie ist ein Flittchen und treibt es mit allen, mit dir auch?"

Berlage hatte Übung in Gesprächen mit Junkies, Ungeduld war da nicht am Platz, und wenn man sie schlug, half das auch nichts. Die fanden das sogar noch schön.

„Du musst deiner Mutter gar keine Vorwürfe machen mit deinem Lebenswandel", sagte er.

Der junge Mann kam langsam in Fahrt, das Rauschgift begann zu wirken. Er lachte pausenlos und sang: „Nathalie, Nathalie, du bist so schön, aber jetzt ist dein Lover tot, tot, tot …".

„Was meinst Du damit?", wollte Berlage wissen, obwohl er ja wusste, was jetzt kam.

„Na, der Franz wird sie nicht mehr vögeln, und das Knöpfli hat er schon lange nicht mehr gevögelt, leben und leben lassen", lallte Mark.

„Was meinst du mit Knöpfli", wollte Berlage wissen.

„Na das Knöpfli, die Carla, kennst du denn das Knöpfli nicht?"

In Berlages Kopf begannen die Synapsen zu rasen. Er liess den jungen Mann auf seinem Polsterstuhl vor der Toilette sitzen und ging in die Bar.

„Wo ist der Mark?", wollte Sara wissen.

„Komm Sara, wir gehen", sagte Berlage.

Er zahlte, auch für Marc, verabschiedete sich und ging schnellen Schritts in Richtung ihres Hauses. Sara konnte ihm fast nicht folgen und lief immer einige Schritte hinter ihm.

„Was ist denn los Peter Paul, du bist so komisch?" Sara nannte ihn selten bei seinem vollen Namen.

Aber Berlage sagte kein Wort. Zu Hause zog er seinen Mantel aus und ging in sein Büro. Sara blieb immer noch ohne Antwort. Er aber nahm die Sachen des toten Franz, die er gesammelt hatte, aus dem Schreibtisch. Er legte den Hemdknopf und das Taschentuch mit den Knöpfen im Zipfel vor sich hin. Dann brummte er vor sich hin: „Ja, ja, das ist es, jetzt hab ich dich."

Sara war beunruhigt und kam in sein Büro. Sie wollte unbedingt wissen, was los sei.

„Wusstest du, dass der Franz Inderbitzin die Carla ‚Knöpfli' nannte?", wollte er wissen.

„Ja, das habe ich schon einmal gehört, aber was soll das?", meinte sie etwas ratlos.

Aber nun war aus Berlage nichts mehr herauszubringen.

„Ich gehe nun zu Bett", meinte er nur.

Sara musste noch ihr Abschminkritual vollziehen. Als sie endlich wieder fein nach Schokolade duftend ins Bett stieg, schlief Berlage schon. Aber er hatte eine unruhige Nacht, träumte viel und sprach im Schlaf. Sara konnte nichts verstehen. Nur einmal meinte sie zu hören, wie er auf Holländisch „knoopsgat" sagte, was auf so viel wie „Knopfloch" heisst. Aber sie konnte nicht viel damit anfangen. Sie hatte ein gutes Gewissen, denn sie hielt die Kleider ihres Mannes immer tadellos in Ordnung. Ein fehlender Knopf oder ein schadhaftes Knopfloch wäre ihr aufgefallen.

Am nächsten Tag war Berlage beim Frühstück unaufmerksam, ging etwas abwesend eine holländische Zeitung am Kiosk holen und verzog sich sofort in sein Büro, als er nach Hause kam. Er kritzelte Kreise, Knopflöcher und Knöpfe in verschiedenen Grössen auf ein Blatt Papier. Er hatte den Fall gelöst.

Als er erfahren hatte, dass Franz Carla „Knöpfli" nannte, war ihm sofort klar, dass Franz eine Botschaft hinterlassen hatte, als er, zu Tode verletzt, in seinen letzten bewussten Minuten in sein blutiges Taschentuch Knöpfe geknotet und aus dem Inneren seines Hemdes einen Knopf abgerissen hatte. Noch im Spital hatte er diesen Knopf ganz fest in seiner geschlossenen Faust gehalten. Er wollte auf seine Mörderin hinweisen. Carla und er waren zu hinterst beim Abstieg gelaufen. Sie hinter ihm. Als sie zu der engsten und steilsten Stelle des Weges kamen, hatte sie ihn hinuntergestossen. Offenbar war der Streit, den sie im Restaurant Bärfalle gehabt hatten, sehr ernsthafter Natur gewesen. Ihre Eifersucht gegen Nathalie war begründet und der Franz hatte die Carla langsam satt. Die Nathalie machte viel besser Liebe als sie, ohne dafür Gegenleistungen zu verlangen, und hatte viel mehr Klasse. Vielleicht hatte er ihr gedroht und sie war ihm zuvorgekommen. Joes Auskunft, dass zuerst der Franz geschrien habe und dann erst später die Carla, war ein weiteres Indiz. Wäre er von selbst abgestürzt, hätte sie gleichzeitig mit ihm geschrien und nicht er zuerst alleine.

Berlage war die Sache klar, aber er wusste auch, dass er es nicht beweisen konnte. Kein Gericht der Welt hätte ihm die Geschichte mit den Knöpfen abgekauft. Und hier lag das Problem. Er kam auf seine Idee zurück, mit der Carla einmal über die Sache zu sprechen und sie mit seinen Erkenntnissen zu konfrontieren.

Kapitel 8

Die Fasnacht war dieses Jahr sehr lang und der Schmutzige Donnerstag fiel auf den Anfang des Monats März. Das Wetter war gut, sodass viele Zuschauer, von Brunnen aber auch von weither, anwesend waren. Der Umzug in Brunnen war bekannt.

Rit half am Morgen, die Witfrauenpakete zu vertragen und kam dabei auch bei Carla vorbei. Nach den obligatorischen Tränen über das erste Witfrauenpaket, das diese nun auch erhalten würde, fragte sie Carla, ob sie nicht am Nachmittag zusammen den Umzug ansehen wollten. Carla zierte sich am Anfang, es sei doch noch zu kurz nach dem Tod von Franz. Aber eigentlich war es ihr verleidet, an diesem Tag zu Hause zu bleiben, und so stimmte sie zu. Schliesslich waren sie und Franz auch einmal Bartlipaar gewesen. Der Bartlivater wird jedes Jahr neu aus den Reihen der Bartligesellschaft gewählt. Er bekommt ein schönes Gewand angemessen und muss viel Geld für Einladungen und Geschenke ausgeben. Seine Frau, die Bartlimutter geniesst es jedoch, mit dem schönen Kleid auf einem eigenen Wagen durch das Dorf zu ziehen und die Bewunderung des Publikums zu erwecken. Carla war eine stolze Bartlimutter gewesen und eine der hübschesten. Am Nachmittag holte Rit Carla zu Hause ab. Carla war schwarz angezogen und versteckte ihr hübsches Gesicht zur Hälfte hinter einem dunklen Schal. Rit war viel grösser als sie, Carla war ja das Knöpfli. Aber sie sahen sehr hübsch aus zusammen und fanden einen guten Platz, etwas erhöht auf einer Tribüne der Guggenmusik auf dem Platz vor dem Gasthaus Ochsen.

Der Umzug war lang, das Bartli-Paar auf seinem Wagen wurde bewundert und Sara war wieder deprimiert, dass sie nicht selbst dort oben auf dem Wagen stand und ihren Freunden Orangen zuwerfen konnte. Berlage hätte aber niemals zugestimmt. Das hätte ihm zu viel Geld gekostet. Und er war, wie viele Holländer, sehr knausrig. Aber es gab ja auch Einzelmasken, die den ganzen Tag in Brunnen herum liefen und mit ihren Sprüchen die Leute unterhielten oder ärgerten. Man kannte sich ja untereinander, und die Spässe waren oft recht derb. Wenn Sara sich so verkleidet und betätigt hätte, wäre Berlage durchaus einverstanden gewesen. Sara hätte das dann selber berappen müssen.

Wieder viele prächtig geschmückte Wagen fuhren da vorbei. Es hatten, wie immer, mehrere Männer während des ganzen Jahres an der Konstruktion dieser Fantasiegebilde gearbeitet und meist irgendwelche aktuelle Themen aufgenommen. Auf den Wagen standen Männer und Frauen in Masken, die Orangen und Bonbons in die Menge warfen. Auf einem der Wagen, der von einem reichen Brunner und ebenfalls ehemaligen Liebhaber von Nathalie gestiftet worden war, sahen sie auch Nathalie mit grossem Hut und weitem Kleid. Rit winkte ihr zu, aber Nathalie drehte sich ostentativ weg, als sie auch Carla dort stehen sah. Zwischendurch machten die Guggen-Musiken einen Heidenlärm und zogen dann durch alle Restaurants. Die Stimmung war ausgelassen und fröhlich.

Sara und Berlage befanden sich auch unter den Schaulustigen. Er arbeitete sich durch das Menschengewühl in Richtung Rit und Carla auf ihrer Tribüne. Bei den beiden angekommen, sprachen Sara und Rit sofort auf Holländisch, und Berlage gesellte sich zu Carla. Ohne Umschweife ging er auf sein Ziel los und sagte: „Ich möchte einmal mit dir ungestört reden."

Carla war etwas erstaunt und sagte: „Um was geht es, willst du mich verführen?"

Berlage sagte nur: „Um den Unfall von Franz."

Carla schien nun sehr alarmiert und sagte: „Er ist tot, lassen wir ihn doch ruhen."

Berlage zögerte ein wenig mit der Antwort: „Aber wie er gestorben ist, das interessiert mich."

Carla wurde leichenblass. „Also gut", sagte sie, „gehen wir in die Bundeskapelle, dort sind wir zu dieser Zeit ungestört", und kletterte von der Tribüne zu Berlage hinunter.

Die Bundeskapelle, eigentlch die Dorfkapelle von Brunnen mit einem Armensünderglöcklein, ist ein kleiner aber schmucker Bau und befindet sich in der Nähe der ehemaligen Sust und beim für den Tourismus sehr wichtigen Anlegeplatzes der Schiffe der Vierwaldstätter Navigation. Nach dem Rütlischwur 1291 und der Schlacht am Morgarten 1315 festigten die Urkantone Uri, Schwyz und Unterwalden ihr Bündnis durch einen neuerlichen Schwur am Ende des Jahres 1315. Von da weg nannten sie sich „Eidgenossenschaft". Am Ort, wie der Schwur stattgefunden haben soll, steht die Kapelle. Heinrich von Reding, aus dem für die Innerschweiz wichtigen und bedeutenden Geschlecht der Reding, stiftete 1632 die Kapelle nach einem verheerenden Dorfbrand. Er war Schweizer Botschafter in Frankreich und konnte so den damals berühmten holländischen Maler Justus van Egmont, einen Rubensschüler, dazu bringen, in der Kapelle ein Altargemälde zu malen. Dieses bedeutende Kunstwerk ist wenig bekannt.

Die Bundeskapelle liegt in unmittelbarer Nähe beim „Schiltenüni», dem historisierend nachgebauten durch einem Brand zerstörten alten Gebäude. Vom Ochsen zur Bundeskapelle ist es nur wenige Schritte, die Schwierigkeit war, quer durch den Umzug zu gelangen. Carla ging ganz schnellen Schrittes voran, Berlage folgte ihr auf dem Fusse.

Sie betraten die geschichtsträchtige Kapelle und Carla bekreuzigte sich. Im Dunkel des Raumes angelangt, fragte Carla: „Was willst du nun von mir?"

Berlage sagte ihr in seiner trockenen, direkten Art auf den Kopf zu, dass er glaube, sie habe den Franz im Wald aus Eifersucht den Abhang hinunter gestossen, und er zählte ihr seine Beweise auf.

Carla schien noch blasser zu werden. Dann brach es aus ihr hervor: „Der Franz war ein Schuft, er hat mich mit jedem Flittchen betrogen. Das habe ich ihm noch verziehen. Aber die Geschichte mit Nathalie war etwas anderes. Er warf mir immer vor, dass sie so eine tolle Frau sei und er sie am liebsten heiraten würde, wenn ich nicht da wäre. An diesem Abend auf der Bärfalle teilte er mir mit, er werde sich von mir scheiden lassen und die Nathalie heiraten."

„Und dann hast du ihn umgebracht", sagte Berlage.

„Das wirst du nie beweisen können, du machst dich nur lächerlich. Ich werde sagen, du habest mich mit deinen Anträgen verfolgt, mich sogar in die Kapelle gelockt. Das sei nun deine Rache, weil ich dich abgewiesen hätte."

Dagegen war nicht viel einzuwenden. Berlage wusste das auch selbst.

„Warst du es nun oder nicht?", fragte er scharf.

Carla wandte sich von ihm ab und kniete vor dem Altar nieder. Sie kam aus einer streng katholischen Familie und war sehr gläubig, sie faltete die Hände und sagte unter Schluchzen: „Nur du, mein Herr, hast über meine Schuld zu entscheiden. Dich bitte ich um Gnade und Verzeihung".

Dann stand sie auf, stiess den Berlage zur Seite und verliess grusslos die Kapelle, nicht ohne sich zu bekreuzigen. Berlage hatte erreicht, was er wollte. Sie hatte zwar kein „vollumfängliches Geständnis" abgelegt, ihre Worte waren jedoch klar genug gewesen. Sie waren wieder ein Teil des Puzzles, das er zusammensetzte. Aber auch wenn er ein Tonband dabei gehabt und sie aufgenommen hätte, damit wäre sie nicht zu überführen gewesen.

Berlage kombinierte, was Carla nach diesem Gespräch mit ihm wohl dachte. Überlegte sie, wie sie sich des unangenehmen Mitwissers entledigen könnte? War Sara bereits auch eingeweiht, und Nathalie? So perfekt wie der Franz liess er sich aber nicht beseitigen. Sicher kamen ihr alle möglichen Lösungen in den Sinn. Vergiften, Überfahren, einen Killer aus Tschetschenien engagieren? Oder vielleicht könnte man ihm die Beweisstücke entwenden? Den Knopf und das Taschentuch? Das hatte er sich ja auch nicht rechtmässig angeeignet. Sie würde sich nur zurückholen, was ihm gar nicht gehörte. Die Berlages waren oft in Holland und dann sollte es ja möglich sein, in das Haus zu gelangen.

Carla ahnte nicht, dass Berlage das alles genau voraussah. Er nahm alle Beweisstücke aus seinem Schreibtisch und brachte sie in sein Bankschliessfach. Von all dem wusste Sara nichts. Sie hatte zwar gesehen, dass er mit Carla während des Umzugs in der Kapelle verschwunden war.

„Hast du mit Carla zusammen gebetet und hat sie dich zum Katholizismus bekehrt?"

Berlage antwortete: „Nein, ich habe ihr das Altargemälde von unserem Landsmann und Rubensschüler gezeigt, sie kannte das nicht".

Was wirklich in der Kapelle gelaufen war, davon hatte Sara keine Ahnung und Berlage hatte nicht im Sinn, sie einzuweihen. Sie war so redselig und bei ihr war ein Geheimnis so gut gehütet wie ein Leitartikel in der Tageszeitung.

Aber sie wollten wieder nach Holland und Sara begann Tage davor ihre Koffer zu packen, was sie vollständig in Anspruch nahm. Sie wollten für einige Tage zu Bekannten in Utrecht und sie musste entsprechend viele Kleider mitnehmen. Berlage hatte ja versprochen mit dem Auto zu fahren. So vergass sie die Sache mit Carla sehr bald.

In Holland traf Berlage wieder seinen Kollegen in Amsterdam und schilderte ihm die ganze Situation und auch sein Gespräch mit Carla in der Kapelle.

Der Mann schüttelte den Kopf: „Da kannst du nichts machen, die Sache ist perfekt eingefädelt gewesen und es fehlen dir die gerichtlich brauchbaren Beweise. Du hast dir noch Beweisstücke unrechtmässig angeeignet".

Berlage lächelte und sagte: „Wer weiss, Gottes Mühlen mahlen langsam".

Und der andere hob den Zeigefinger und warnte: „Berlage, du bist nicht Gott, lass die Finger davon".

„Aber ich bin mindestens so raffiniert, wie dieses Luder", war Berlages Reaktion.

Als sie wieder von Holland zurückkamen, erwartete sie eine böse Überraschung. Jemand hatte versucht in ihr Haus in Brunnen einzubrechen, was allerdings misslungen war, da die Alarmanlage losgegangen war. Die Untersuchung der Polizei blieb erwartungsgemäss erfolglos. Während Sara aufgeregt herumlief, allen erzählte, was passiert war, und über den Sittenverfall in der Schweiz polemisierte, blieb Berlage ganz ruhig. Er hatte den Einbruch ja vorausgesehen und in seinen Augen war Carla dafür verantwortlich. Es war ihm klar, dass Carla nun in die Offensive gehen würde und er nahm seine Pistole wieder aus dem Safe. Da er Sara immer noch nicht einweihen wollte, setzte er sich an den Computer und schrieb die Ergebnisse seiner Untersuchungen ausführlich auf. Den Bericht steckte er in ein grosses Kuvert, schrieb darauf: „IM FALLE MEINES ABLEBENS", und steckte es in seinen Safe. Er war sich sicher, dass Sara es nicht anrühren, aber aus Neugierde fast platzen würde.

Berlage wusste aus seiner beruflichen Erfahrung, dass Frauen anders morden als Männer. Es gab tatsächlich einige beachtliche Unterschiede. Frauen töten ihre Opfer überwiegend planvoll, heimtückisch und im häuslichen Milieu. Aufgrund ihrer geringeren Körperkraft sind Frauen meist darauf angewiesen, eine günstige Gelegenheit abzuwarten, wenn sie töten. Zum Beispiel, dass das Opfer schläft, krank, betrunken oder benommen ist. Oft machen Frauen ihr Opfer schon vor der Tat wehrlos. Die typische weibliche Mörderin nimmt, dem althergebrachten Klischee entsprechend, Gift oder neuerdings Medikamente. Männer hingegen attackieren meistens unmittelbar, häufig im Affektsturm, wenn ein Streit eskaliert. Die wohl bedeutsamste Abweichung ergibt sich jedoch aus der jeweiligen Motivlage. Während Männer im Affekt morden, töten Frauen nach einer emotionalen Phase ganz überlegt und geplant.

Als Sara eines Morgens ein Paket mit Pralinen, auf dem „Den Freunden der Bartligesellschaft" stand, voll Freude Berlage ins Büro brachte und sagte: „Schau, was im Milchkasten war. Das ist doch nett, wir sind beliebt!", riss ihr

Berlage das Paket aus der Hand und sagte: „Du darfst in Zukunft nichts, das als Paket oder Geschenk kommt, öffnen oder gar etwas davon nehmen!"

Sara sah ihn zweifelnd an und sagte: „Spinnst du?"

Sie dachte, jetzt dreht der Berlage ganz durch. Sie hatte keine Ahnung, warum Berlage so reagierte.

Als er sich dann anzog, das Paket unter den Arm nahm und das Haus verliess, rief ihm Sara nach: „Du eigensüchtiger Macho, du willst ja nur alles selbst essen!"

Berlage ging aber unbeirrt auf dem nächsten Weg ins Laboratorium der Urkantone an der Föhneneichstrasse. Dort kannte er den Chefchemiker, mit dem er oft fachliche Gespräche führte. An den Wochenenden benutzte er auch den Parkplatz des Labors, wohl wissend, dass er hier mit der Absolution für seine Parksünden rechnen konnte. Er liess sich bei dem Beamten melden.

Die beiden Männer begrüssten sich freundlich. Berlage bekam einen Espresso, der als der beste im ganzen Dorf bekannt war. Wenn die Chemiker Espresso machen, dann machen sie ihn richtig.

„Was hast du auf dem Herzen?", fragte der Chemiker.

Berlage legte das Paket auf den Tisch und sagte: „Frag mich nicht warum und wieso, aber ich bitte Dich, das Paket auf Fingerabdrücke zu untersuchen und den Inhalt zu analysieren."

„Habt ihr Streit, will dich die Sara vergiften?", lachte der Chemiker.

„Nein, dieses Paket war heute Morgen in meinem Milchkasten und ich habe Anlass zu glauben, dass mich jemand vergiften will".

Der Chemiker schüttelte ungläubig das Haupt: „Du hast doch keine Feinde hier", meinte er.

Aber er versprach die gewünschte Analyse durchzuführen. Berlage trank den Espresso aus und verliess das Gebäude, in dem es nach Chemikalien und untersuchten Materialien roch.

Auf dem Heimweg kam er beim Haus von Carla vorbei und er meinte, hinter den gezogenen Vorhängen einen Schatten zu sehen. Carla vermied es seit ihrem Treffen in der Kapelle, ihm zu begegnen.

Am nächsten Tag rief eine Angestellte des kantonalen Laboratoriums bei Berlage an und teilte ihm mit, dass der Inhalt einwandfrei sei, man habe alle, wirklich alle Pralinen untersucht. Die Verpackung weise eine Unzahl von Fingerabdrücken auf. Sie wollte wissen, was nun mit den Pralinen geschehen solle. Berlage wusste, dass die Angestellten des Laboratoriums häufig Geschenke bekamen und sagte: „Wenn ihr Lust habt und die Pralinen sind noch geniessbar, könnt ihr sie haben, sonst werft ihr das Paket einfach weg".

Er hatte sich also in diesem Fall getäuscht. Sein Misstrauen blieb aber bestehen. Als Sara spöttisch wissen wollte, ob sie auch die Milch nicht trinken dürfe, die vor das Haus gestellt werde, sagte Berlage: „Du bestellst die Milch ab und es kommt mir nichts mehr unkontrolliert ins Haus".

Das bedeutete, dass sie nun täglich die Milch aus dem Laden holen musste, was ihr ziemlich unerwünscht war. Sara verstand überhaupt nichts mehr. Dann begann sie aber doch etwas zu vermuten: „Hat das etwas mit dem Tod von Franz und Carla zu tun?"

„Ja", sagte Berlage kurz angebunden „und sprich das nicht herum".

Er war überzeugt, dass morgen das ganze Dorf wusste, was er nun vertraulich Sara mitgeteilt hatte. Aber das störte ihn nicht. Sicher würde auch Carla das erfahren und zur Kenntnis nehmen, dass er wachsam war.

Während Carla wahrscheinlich darüber nachdachte, wie sie sich der Berlages entledigen konnte, begann Berlage hingegen über die Bestrafung von

Carla nachzudenken. Er hatte einmal in Amsterdam einen Kurs über diese Thema genommen und erinnerte sich nun an die teilweise sehr grausamen Bestrafungen von weiblichen Delinquenten in früheren Zeiten:

Die alten Römer steckten die gefesselte und nackte Delinquentin zusammen mit einem lebendigen Affen und einer sich ringelnden Schlange in einen Sack und warfen sie ins Wasser. Mit Stangen tauchte man den Sack unter, bis alles Leben verschwunden war. Dieses „Säcken" genannte Vorgehen wurde dann in den deutschen Landen übernommen. Kindsmörderinnen, Giftmischerinnen und sonstige des Mordes schuldigen Frauen wurden so bestraft. Statt der lebenden Tiere tat man deren Bilder in den Sack, da man sich der symbolische Bedeutung bei den Römern nicht mehr bewusst war und auch nicht so viele lebendige Affen auftreiben konnte. Erst Friedrich der Grosse schaffte diese barbarische Methode ab.

Berlage verwarf dieses Prozedere. Das Hinunterdrücken mit Stangen würde wohl zu viel Aufsehen in Brunnen erregen.

Kapitel 9

Es war Berlage klar, dass die Bestrafung von Carla eine für Frauen typische, geeignete Form haben musste, und das Problem beschäftigte ihn nun ständig. Obwohl Berlage viel darüber nachdachte, wie man Carla für ihre Missetat bestrafen sollte, war er doch nicht wirklich entschlossen, gegen sie etwas zu unternehmen. So wartete er ab, was nun geschehen würde. Er hoffte insgeheim, dass Carla nochmals etwas gegen ihn unternehmen würde, damit er dann ein Motiv hätte, gegen sie vorzugehen. [8]

Eines Nachmittags beschloss Berlage, nach Morschach hinaufzufahren. Dort gibt es einige Möglichkeiten der Freizeitgestaltung etwas modernerer Art als in Brunnen. Das Sportzentrum, das hier vor einigen Jahren gebaut worden ist, bietet Schwimmen, Sauna aber auch Bowling, Billard, ein Restaurant mit Bar und andere Unterhaltungsgelegenheiten. Das ursprünglich private Projekt musste von der Kantonalbank übernommen und zu Ende geführt werden, da dem Initiator das Geld ausgegangen war. Morschach hat sich zu einem Ferienort entwickelt. Es gibt einen Golfplatz mit herrlicher Aussicht auf die Seenlandschaft, aber mit sehr anspruchsvoller Topographie, eine Go-Kart-Bahn, einen kleinen Skilift. Und man ist von Morschach aus in fünf Minuten bei der Gondelbahn auf den Stoos, den Hausberg der Brunner und ein passables Skigebiet.

Berlage informierte Sara von seinen Plänen. Sie war an seinem Programm nicht interessiert und wollte lieber in das Restaurant „Kleinstadt" gehen und dort einige Frauen aus dem Dorf treffen. Es hatte den ganzen Tag wieder leicht geschneit, einen nassen, schweren Frühlingsschnee, und Berlage fuhr vorsichtig die vielen Windungen von Brunnen nach Morschach hinauf. Oben fand er eine weisse Winterlandschaft vor und beschloss, ein

---

[8] Es wäre interessant, an dieser Stelle aus der Sicht von Carla zu erzählen und ihren Überlegungen zu folgen. Das würde aber die Spannung vom weiteren Verlauf der Geschichte nehmen. So bleiben wir bei der Erzählung aus der Sicht Berlages.

Stückchen die Strasse zu einer kleinen Kapelle hinauf und dann in die Sauna zu gehen. Nachher würde er noch eine Partie Billard gegen sich selbst spielen oder jemanden als Spielpartner finden.

Als es langsam dunkel wurde, ging Berlage wie geplant in die Sauna. Nachher sass er an der Bar und brachte seinen Flüssigkeitshaushalt wieder in Balance. Da kam der Inhaber des Kiosks vorbei. Er hatte eine Partie Bowling abgemacht, aber sein Mitspieler war nicht gekommen. So beschloss Berlage die kleinen Kugeln gegen die grossen zu vertauschen und sie spielten eine Stunde, bis Berlage die Heimfahrt antrat. Er musste ein Stück gehen, bis er bei seinem Wagen war. Die Strasse war rutschig und es begann leicht zu gefrieren. Ausserdem kam Nebel auf. Berlage startete sein Auto und fuhr zur Hauptstrasse. Er fuhr sehr vorsichtig, denn die Strasse war glatt, die Sicht schlecht und die Kurven waren eng. In einer scharfen Linkskurve stand plötzlich eine dunkle Gestalt mitten auf der Strasse. Berlage bremste so schnell und so stark er konnte. Sein ABS begann zu rattern, Berlage versuchte der Gestalt auf der Strasse auszuweichen, das Auto schlitterte gerade aus, durchbrach die Brüstung und stürzte ab.

Die Kurve befand sich direkt auf der Brücke der alten Zahnradbahn, die ehemals von der Anlegestelle der Schifffahrtsgesellschaft am See zum früher berühmten Hotel Axenstein führte. Das Bahntrasse umfasste auch einen heute leer stehenden längeren Tunnel, eine längere Unterführung mit der Brücke, eben dem Unfallort, und vier kurze Brücken.[9]

---

[9] Aus http://de.wikipedia.org/wiki/Brunnen-Morschach-Bahn: „Diese Bahn wäre ein typisches Beispiel für technische Archäologie, wenn sie noch in Betrieb wäre und eine grosse Attraktion für Brunnen. Die Strecke der Bahn war nur gut zwei Kilometer lang und bediente fünf Stationen. Sie führte vom Seeufer in Brunnen, wo sie Anschluss an die Schiffe der Schifffahrtsgesellschaft Vierwaldstättersee hatte, zuerst durch einen 262 m langen Tunnel zur schmalen Fahrstrasse von Brunnen nach Morschach. Auf dieser Strasse folgte die Bahn einer überhängenden Felswand entlang hinauf zum Dorf Morschach. Von dort erreichte sie nach kurzer Fahrt auch das Hotel Axenstein oberhalb des Vierwaldstättersees". „Die meterspurige Zahnradbahn konnte am 1. August 1905 ihren Betrieb aufnehmen und verkehrte bis zum 29. März 1969. Danach wurde sie abgebrochen und durch eine Buslinie der Auto AG Schwyz (AAGS) ersetzt, welche von der Bahnstation in Brunnen hinauf nach Morschach und zur Talstation der Luftseilbahn Morschach–Stoos führt."

Der Wagen Berlages stürzte etwa fünf Meter tief ab und landete dann unsanft mit allen vier Rädern auf dem Trasse der alten Bahn. Berlage stiess sich den Kopf am Stoffdach seines Wagens heftig an, verstauchte sich den Fuss, den er immer noch fest auf das Bremspedal gepresst hielt, war aber sonst unverletzt. Er erinnerte sich daran, dass an dieser Stelle bereits einmal ein Wagen mit leichtsinnigen Jugendlichen abgestürzt war. Damals hatte man das Geländer mit Betonblöcken verstärkt. Der schwere Wagen Berlages hatte es aber trotzdem durchbrochen.

Berlage war noch etwas benommen, im Wagen war es aber angenehm warm, obwohl der Motor abgestorben war. Berlage löste die Sicherheitsgurten, nahm sein Handy und rief Sara an. Er erzählte ihr kurz, was geschehen war, ersuchte sie, die Polizei zu benachrichtigen und ihn aus dieser Situation zu befreien. Nach etwa zwanzig Minuten hörte er Sara von der Brüstung rufen und stieg aus dem Wagen aus. Er konnte durch das Viadukt zurückhumpeln und kam direkt auf die Strasse, wo ihn Sara händeringend in Empfang nahm. Sie hatte einen warmen Mantel, einen Hut und eine Flasche mit heissem Tee mitgebracht.

Bald darauf kam auch die Polizei an. Die Beamten hörten sich Berlages Geschichte an. Dann musste er ins Röhrchen blasen. Während die Kollegen die Strasse absicherten und zu dem verunfallten Wagen gingen, nahm der eine Polizist ein Protokoll auf, nicht ohne etwas über unvorsichtige Fahrer und Holländer, die im Schnee nicht fahren könnten, zu brummen. Die Geschichte von der Gestalt auf der Strasse brachte ihn nur zum Lachen: „Diese Geschichte nimmt ihnen niemand ab, Herr Berlage", sagte er und schloss sein Heft.

Berlage wurde etwas ungehalten. Er hatte schon lange den Namen des Polizisten auf seiner Uniform gesehen und sich gemerkt, und er kannte die Regeln im Umgang mit der Polizei ja sehr gut. Da half nur ein Einwirken von oben.

„Sie vermessen jetzt die Bremsspuren meines Wagens und dann möchte ich ihren Chef ans Telefon".

Der Polizist zog etwas die Augenbraun hoch, drehte sich um und ging weg. Berlage kannte ja den Chef der Kriminalpolizei sehr gut und rief ihn an. Er erklärte ihm die ganze Situation. Nun ist es in diesen noch sehr ländlichen Kantonen sehr einfach, etwas zu erreichen, wenn man die richtigen Leute kennt. Der Kriminalpolizist rief den Chef der Strassenpolizei an und dieser nahm sofort Kontakt mit der Polizeipatrouille auf. Der unwirsche Polizist kam zu Berlage zurück und entschuldigte sich. Er kündigte die Ankunft seines Chefs in kürzester Zeit an.

Der Chef der Strassenpolizei war ein hochgewachsener Mann, kein Innerschweizer, sondern ein Berner, der keine sippenhaftungsmässigen Verpflichtungen im Kanton Schwyz hatte und bemüht war, sehr korrekt zu sein. Er liess sich die Sache von Berlage schildern und wies dann seine Männer an, eine genaue Spurensicherung zu machen. Als dann plötzlich noch der Chef der Kriminalpolizei auftauchte, Berlage freundschaftlich begrüsste und sich auch den Verlauf der Sache schildern liess, weiteten die Kantonspolizisten den Bereich der Spurensicherung aus und waren sehr höflich mit Berlage.

Es wurde festgestellt, dass tatsächlich Fussspuren im Schnee sichtbar waren, die zu der Unfallstelle führten. Diese Spuren verliefen sich aber im Wald.

Berlage bestand darauf, dass die Spuren genau aufgenommen wurden und schlug vor, einen Abguss zu machen. Die Polizei war darauf nicht vorbereitet und der Chef der Strassenpolizei telefonierte an die Zentrale, dass man die entsprechenden Utensilien bringen müsse. Berlage wusste, dass er sich auf den anwesenden Kriminalpolizisten verlassen konnte. Es handelte sich ja unter Umständen um einen Kriminalfall. Er hatte langsam auch von der Warterei in der kalten Winternacht genug und wollte zur Sicherheit noch ins Spital, um sich untersuchen zu lassen. So verabschiedete er sich von den beiden hohen Polizeibeamten und bedankte sich für ihre Hilfe.

Sara fuhr ihn mit ihrem kleinen Wagen ins Spital und Berlage wurde gründlich untersucht. Er hatte eine Gehirnerschütterung und eine Stauchung der Halswirbelsäule. Der Arzt verordnete ihm drei Tage Bettruhe, gab ihm Tabletten und liess ihm eine Halsstütze anpassen, nicht ohne festzustellen, dass er grosses Glück gehabt habe. Nach drei Tagen solle er sich wieder zur Kontrolle einfinden.

Berlage und Sara fuhren dann nach Hause und Sara hörte nicht auf, Berlage Vorwürfe zu machen und seine Fahrkünste zu kritisieren. Berlage hatte keine Lust, mit ihr zu diskutieren. Sein Kopf brummte, es war ihm schlecht, der Fuss tat ihm weh und der Halskragen ging ihm auf die Nerven. Aber vor allem kreisten die Gedanken in seinem Kopf. So sagte er zu Sara: „Bitte finde heraus, wo Carla heute Abend war."

„Wieso willst du das wissen, verdächtigst du sie?"

„Ja", war Berlages lakonische Antwort.

„Also ich habe sie in der ‚Kleinstadt' gesehen, als ich mit Rit zum Kaffee dort war. Rit wollte noch wissen, wo du seist, und ich sagte ihr, du seist nach Morschach zur Sauna gefahren. Ja, und Carla sass nicht weit von uns weg, vielleicht hat sie das mitgehört."

„Wie lange blieb sie denn dort?", bohrte Berlage weiter.

„Sie ging dann so gegen vier Uhr weg, während wir noch bis sechs Uhr blieben."

„Aha, und bitte keine weiteren Fragen. Ich möchte, dass das unter uns bleibt", brummte Berlage.

Dabei dachte er sich, dass es nicht schaden könnte, falls Sara das weitergeben würde, wovon er überzeugt war. Trotz allem hatte er keine Angst vor Carla. Vielmehr erhoffte er sich, dass sie sich zu weiteren Handlungen provoziert fühlen würde. Irgendwann würde sie Fehler machen. Er war nun überzeugt, dass Carla versucht hatte, ihn als leidigen Mitwisser umzubringen.

Am nächsten Tag rief Berlage seinen Freund, den Chef des kantonalen Kriminaldienstes, an, den er auch an den Unfallsort gerufen hatte. Er erkundigte sich nach dem Stand der Untersuchungen.

Der Kriminalist bestätigte zunächst, dass er am Unfallsort Fussspuren vorgefunden habe, die sich als zu Frauenstiefel gehörend herausgestellt hätten. Die Fusspuren hätten aus dem Wald direkt zum Unfallsort geführt, sich dann aber wieder im steilen Waldboden verloren. Es seien Abdrücke genommen worden, die es ermöglichen würden, den Schuh-Typ festzustellen.

Berlage bat, dass ihm der Schuhabdruck zu Verfügung gestellt werde.

Spuren von Autopneus hätten nicht festgestellt werden können, berichtete der Freund weiter. Die Person, die sich in der Nähe des Unfallorts befunden habe, ein möglicher Zeuge des Vorfalls oder sogar der Verursacher, sei durch den Wald entweder von Brunnen hinauf gestiegen, oder von Morschach hinuntergelaufen, was einem Ortskundigen gut möglich wäre.

Berlage zögerte immer noch, dem Polizisten seine Informationen mitzuteilen. Aber nun war die Suche nach einem Zeugen des Unfalls eingeleitet. Und dafür musste er seine Kenntnisse nicht weitergeben. Da Berlage Anzeige erstattet hatte, war die Polizei verpflichtet, diese Person zu suchen. Besser hätte Berlage gar nicht eine professionelle Unterstützung seiner Nachforschungen erhalten können.

Er wollte sich schon verabschieden, als sein Gesprächspartner noch lachend sagte: „Hast Du noch alle Knöpfe an deinen Kleidern?"

„Wieso", fragte Berlage, hellhörig geworden.

„Wir haben auf dem Dach Deines Autos zwei kleine Knöpfe gefunden, deren Herkunft wir uns nicht erklären können."

„Was für Knöpfe?"

„Es sind Hemdenknöpfe, wir haben sie dem Erkennungsdienst zur Untersuchung übergeben. Kannst du damit etwas anfangen? Diese Knöpfe müssen nachträglich, nach dem Unfall auf dein Auto gefallen oder geworfen worden sein. Ich dachte, dir sei der Kragen geplatzt bei der Besichtigung des Bescherung".

„Also bei mir fehlen keine Knöpfe", meinte Berlage.

Aber bei sich dachte er: Trotzdem ist mir ein Knopf aufgegangen. Man verabschiedete sich mit der Versicherung, sich gegenseitig auf dem Laufenden zu halten. Berlage ersuchte nochmals um den Schuhabdruck. Den und die Knöpfe könne er sich ja im Kantonslabor in Brunnen abholen, meinte der Kriminalist.

Mit dem Stichwort „Knöpfe" war Berlage natürlich an seine Hypothesen und sein Gespräch mit Carla in der Kapelle erinnert worden. Wollte Carla ihn warnen, hatte sie ihre Unterschrift unter das Ereignis gesetzt? Aber wieder war sie dann so schlau vorgegangen, dass man ihr nichts nachweisen konnte. Insbesondere, solange keine Anzeige gegen sie laufen würde. Und diesen Schritt wollte Berlage nicht unternehmen, obwohl dabei gewisse Erkenntnisse und Beweise zu finden gewesen wären. Wenn das aber fehlschlüge, wäre die Sache für immer verloren. Vielleicht fühlte er auch den Ehrgeiz in sich, eine Untersuchung selbst und mit seinen Mitteln und Methoden zu einem Ende zu bringen. Der kriminalistische Reiz und das Spiel, wenn es auch gefährlich wurde, motivierten ihn.

Sara war sehr neugierig und hatte das Telefongespräch mit grosser Aufmerksamkeit verfolgt.

„Hat sich etwas ergeben?", wollte sie wissen.

„Ja, es gibt einen Schuhabdruck von einem möglichen Beobachter des Vorfalls, den ich noch bekomme. Ich werde ihn dir dann zeigen, vielleicht hast du eine Idee, um welchen Schuh es sich da handelt."

Sara war von der Wichtigkeit ihrer zukünftigen Aufklärungsfunktion ganz begeistert. Sie hatte auch noch mit Rit gesprochen, die ihr bestätigt hatte, dass Carla in der „Vorstadt" anwesend gewesen und dann vor den anderen gegangen war.

Am nächsten Tag ging Berlage ins kantonale Laboratorium, wo er ja ein gut bekannter Mann war. Das Personal bedauerte ihn, hatte er doch seine Halsstütze an und hinkte ein wenig. Man war bereits über seinen Unfall bestens unterrichtet. Er richtete aus, dass er die Beweismittel seines Unfalls besichtigen und eventuell mitnehmen dürfe. Der Angestellte kam mit einem Plastiksack, auf dem gross „Berlage" stand, zurück.

„Was haben sie herausgefunden?", wollte Berlage wissen.

„Also der Schuh ist ein Damenschuh der Marke Mephisto, Grösse 38, meinte der Angestellte. Was man mit den Hemdenknöpfen anfangen solle, wisse er nicht. Es seien ganz gewöhnliche Hemdenknöpfe, ohne Spuren und Fingerabdrücken.

Berlage wollte diese Sachen mitnehmen, aber der Angestellte sagte, dass das nicht möglich sei. Auf den Einwand, dass ja der Kriminalchef persönlich das gestattet habe, schüttelte der Mann nur den Kopf.

„Nein, unmöglich, das sind Beweismittel, die wir vielleicht noch brauchen. Aber wir haben eine Fotodokumentation, wovon ich ihnen einen Abzug machen kann".

Er bediente Berlage mit einem der berühmten feinen Kaffees des Hauses, ging in sein Labor und kam nach einiger Zeit mit einigen Fotos wieder.

„Die Fotos sind absolut massstabsgetreu, ausserdem ist ein Massstab mit abgebildet, sodass man die originale Grösse feststellen kann".

Auf den Fotos war ein Schuhabdruck, die Inschrift „Mephisto" und Nr. 38 klar sichtbar. Auf dem anderen Foto sah man zwei kleine Knöpfe, ebenfalls mit einem Massstab abgebildet.

Berlage trank seinen Kaffee aus und begab sich heimwärts, wo Sara bereits voll Neugierde auf ihn wartete. Mit grossen Augen betrachtete sie die Fotos, konnte sich aber keinen Reim darauf machen.

„Mephisto Nr. 38 haben noch viele Damen hier im Dorf, was die Knöpfe bedeuten sollen, weiss ich nicht."

Berlage machte mehrere Fotokopien und gab sie Sara.

„Du könntest ja im Dorf etwas herumfragen, ob jemand solche Schuhe hat oder jemanden kennt, der solche Schuhe besitzt."

Sara war voll Begeisterung über ihren Auftrag und versprach, sofort mit der Nachfrage zu beginnen.

„Soll ich Carla auch fragen?", erkundigte sie sich.

„Ja klar", sagte Berlage, „und sage ihr, dass ich dich geschickt habe. Beobachte genau, wie sie reagiert".

Sara kleidete sich sofort an und machte sich auf den Weg, von der Wichtigkeit ihrer Mission überzeugt. Sie wollte zuerst Carla besuchen und war sich nicht bewusst, dass Berlage sie als Bote benutzte.

Berlage blieb zu Hause. Da Sara ja nicht da war, nahm er die lästige Halsstütze ab, zündete sich eine Zigarre an und legte sich auf die Couch. Er hatte noch Kopfweh und der Knöchel schmerzte ihn. Es wurde ihm wieder bewusst, welches grosses Glück er hatte, noch am Leben zu sein. Und er war überzeugt, dass er das alles Carla zu verdanken hatte. Er musste damit rechnen, dass sie nochmals versuche würde, ihn umzubringen. Und sie war so schlau, dass man ihr wieder nichts nachweisen konnte. Berlage nahm eine schmerzstillende Tablette und schlief auf seiner Couch ein. Er erwachte erst wieder, als Sara heim kam.

„Hast du was erfahren?", wollte Berlage wissen.

„Ja, ja", sagte Sara eifrig und voll Stolz über die durchgeführte Untersuchung.

Sie hatte überall die Fotos herum gezeigt und gefragt, ob jemand solche Mephisto Nr. 38 habe. Die Leute dachten, sie sei nun etwas übergeschnappt. Aber Sara hatte genau notiert, was sie herausgefunden hatte. 30 Leute im Dorf hatten bestätigt, solche Schuhe zu haben. Davon waren 15 Personen über 70 Jahre. Mephisto Schuhe waren sehr beliebt bei älteren Damen, obwohl es sich eigentlich um Sportschuhe handelte. Sogar die Frau des Chefredaktors der lokalen Zeitung, die mit dem Pfarrer ein Verhältnis hatte, gab zu, solche Schuhe zu haben, obwohl man nun ihre Spuren vor dem Pfarrhaus vielleicht identifizieren konnte. Aber wahrscheinlich trug sie keine Sportschuhe, wenn sie den Pfarrer zu ihren heimlichen Rendezvous traf.

Bei der Hälfte der Aufzählung unterbrach Berlage sie etwas ungeduldig: „Ja und die Carla, hast du die auch gefragt?"

„Carla sagte, ich solle dir ausrichten, sie habe solche Schuhe gehabt, aber sie hätte sie nicht mehr tragen wollen und sie vor kurzem im Cheminée verbrannt. Es seien die Schuhe gewesen, die sie auch beim Unfall von Franz getragen habe. Aber es sei nun an der Zeit, das langsam zu vergessen", und Carla habe dabei ganz glücklich gelächelt.

„Aha, das habe ich mir fast gedacht", brummte Berlage.

Berlage verstand die Botschaft. Carla spielte ein böses Spiel mit ihm und er musste sicher damit rechnen, dass sie wieder versuchen würde, ihn zu beseitigen. Er zündete sich eine Zigarre an und versank in tiefem Nachdenken. Sara wusste, dass man ihn dann nicht stören durfte, obwohl sie noch so viele Fragen gehabt hätte.

Die Tage wurden länger und es begann Frühling zu werden. Berlage erholte sich langsam von seinem Unfall, musste aber immer noch seine Halsstütze tragen, was ihm gar nicht behagte. Wenn Sara nicht da war, legte er sie ab, streckte seinen kurzen Hals und fühlte sich besser. Aber Sara durfte das nicht sehen. Sie konnte sehr beharrlich sein und nach einem halben Tag ständigen Ermahnungen gab Berlage meist auf und zog sich brav den Stützkragen an. Ihre Mütterlichkeit war umwerfend und ohne Pardon.

Er befasste sich mit dem Kauf eines neuen Wagens und war ziemlich entschlossen, wieder den gleichen Typ zu kaufen. Immerhin hatte ihm dieses Auto wahrscheinlich das Leben gerettet. Er hatte Unmengen von Prospekten daheim, die er immer wieder durchblätterte. Der Chef der Kriminalpolizei hatte den gleichen Wagen, wie Berlage gehabt hatte. Berlage diskutierte mit ihm oft die neuen Modelle, wobei die Rede auch immer auf den Unfall von Franz und seinen eigenen kam sowie auf Berlages Verdacht bezüglich Carla. Aber der Polizist wollte nicht auf die Sache einsteigen. Er sagte, das seien alles Vermutungen und Berlage solle aufpassen, diese zu verbreiten. Aber das wusste Berlage ja schon selbst.

Eines Abends, Berlage war im Kloster Ingenbohl gewesen, um eine ihm und seiner Frau gut bekannte Ordensschwester, die dort Englisch unterrichtete, zu treffen und um einen kleinen Spaziergang zu machen, meinte Sara: „Wir haben neues Cheminéeholz bekommen, willst du uns nicht heute ein schönes Feuer machen?"

„Das Holz ist doch noch nass", fand Berlage.

Es war ihm gar nicht nach Feuermachen zu Mute und er versuchte Argumente dagegen zu finden.

„Nein, nein", sagte Sara „es ist vom Stapel oben in Wylen, der ist unter einem Dach. Und es ist altes Holz. Der Förster hat es gestern gebracht und unter das Vordach geschichtet."

Berlage begriff, dass er nicht darum herum kam, vor das Haus zu gehen und Holz zu holen. Er nahm sich einen Kübel, den er für diesen Zweck aufbewahrt hatte und schaufelte ein paar Holzstücke herein. Dann machte er sich ans Anzünden, wozu er zuerst Zeitungspapier zusammenknüllte und noch einige Zündwürfel dazulegte, und bald brannte ein nettes kleines Feuer im Kamin. Berlage legte ein Scheit nach und dann begann es im Kamin zu knistern. Sara hatte noch einige Frikadellen aus ihrem unermesslichen Vorrat an holländischen Speisen im Tiefkühlschrank geholt und begann ein kaltes Abendessen zuzubereiten. Dazu öffnete Berlage ein Flasche ganz feinen Rotwein vom Kloster Einsiedeln. So sassen sie gemütlich vor dem flackernden Feuer, sprachen viel über ihre nächste Fahrt nach Holland und hörten eine Platte von Herman van Veen, einem berühmten holländischen Chansonnier mit bürgerlichem Namen Hermannus Jantinus van Veen.

Sie waren in Gedanken gar nicht mehr in Brunnen, als Sara plötzlich sagte: „Was stinkt denn da so?"

Berlage hatte schon die längste Zeit etwas gerochen, das ihm Kopfweh machte, wollte aber Sara nicht beunruhigen. Ausserdem kam der Geruch von dem brennenden Feuer her und er hatte Angst, etwas falsch gemacht zu haben. Da der Geruch aber immer beissender wurde, entschloss er sich, das Feuer zu löschen. Er ging in die Küche, holte einen Kübel voll Wasser, wohl wissend, dass das eine furchtbare Schweinerei im Cheminée geben würde, und schüttete das Wasser langsam in die Flammen. Es entstand ein stinkender, schwefelfartiger Rauch. Berlage stand längere Zeit direkt vor dem Kamin und plötzlich sah Sara, wie er sich an den Hals griff, keuchte und dann vor dem Kamin zusammenbrach. Der Kübel mit dem Wasser leerte aus und Sara erschrak furchtbar, zog Berlage vom Feuer weg und riss das Fenster auf, da sie auch plötzlich Mühe hatte, zu atmen. Das Feuer war in der Zwischenzeit ausgegangen, aber der beissende Geruch war immer noch da.

Sara öffnete auch noch die Türen, sodass Durchzug entstand. Berlage lag immer noch am Boden, begann sich aber langsam zu erholen. Sara brachte ihm ein Glas Wasser, trank selber einen Schluck davon und Berlage leerte das Glas vollständig. Dann setzte er sich auf und bald war er wieder auf den Beinen.

„Was war denn das?", fragte Sara.

„Ja, das weiss ich auch nicht, noch nicht", antworte Berlage.

Dann holte er den Blechkübel, legte sich alte Handschuhe an und füllte den Kübel mit den halbverbrannten Holzstücken und der teilweise noch glühenden Asche. Den Kübel deckte er zu und stellte ihn dann in die Garage, die er sogfältig abschloss.

„Den Kübel bringe ich morgen ins Labor", meinet er, „die sollen mal untersuchen, was uns der Förster da geliefert hat".

Sara war wieder etwas ratlos, aber sie machte sich nicht so viel Gedanken. Berlage hingegen sah den Fall etwas anders. Aber zuerst wollte er schlafen und erwartete mit Ungeduld den nächsten Tag.

Er stand früh auf, vor Sara, frühstückte alleine in der Küche und ging dann in die Garage, nahm den Kübel mit den Resten des gestrigen Feuers und machte sich in Richtung Labor der Urkantone auf den Weg. Als er dort ankam, wurde er wie immer freundlich empfangen und ein fein duftender Kaffee stand bald vor ihm auf dem Tisch. Der Beamte wollte nun wissen, was denn der mit Plastik zugedeckte Blechkübel zu bedeuten habe. Berlage erläuterte die Geschehnisse des gestrigen Abends und übergab dem Chemiker den Kübel.

„Also, Herr Berlage, kommen sie doch morgen wieder vorbei, dann wissen wir schon etwas mehr".

Der Beamte begann sich seine eigenen Gedanken zu machen. Zuerst die vergifteten Pralinen, dann der Fussabdruck im Wald von Morschach und nun der mysteriöse Kübel mit verbrannten Holzresten. Offenbar litt Berlage an einer Art Verfolgungswahn. Oder war doch etwas an der Sache? Aber die Holländer waren eben eigenartige Leute, sehr sympathisch, doch irgendwie anders. Aber man konnte tolle Feste mit ihnen feiern.

Berlage trank seinen Kaffee aus und verabschiedete sich. Er ging nicht direkt nach Hause, schlenderte die Föhneneichstrasse langsam bis zur Bahnhofstrasse. Dann ging in Richtung See, über die Leewasserbrücke, auf der er stehen blieb, und dann zum Kiosk an der Schiffsanlegestelle, wo er ein Paket Zigaretten kaufte. Von dort richtete er seine Schritte zum Auslandschweizerplatz, vorbei an dem einmal so berühmten „Vierwaldstätter Hof", in dem sogar der König Ludwig II. von Bayern mit seinem Freund Kinkel übernachtet hatte. Berlage dachte an den einstigen Glamour von Brunnen und den jetzigen Dornröschenschlaf des Dorfes, das bald genügend Einwohner haben würde, um nach Schweizer Regel zur Stadt zu werden. In Holland, so dachte Berlage, würde man ganz etwas Tolles, aus diesem vom Herrgott so reich beschenkten Ort machen. Na ja, vielleicht war es ja gut, dass der Ort so bescheiden geblieben war.

Zu Hause angekommen, wartete Sara wieder mit einem Haufen Fragen auf ihn. Er vertröstete sie auf den nächsten Tag und sie machte sich bereit, ins Dorf aufzubrechen und allen Freundinnen ihre Erlebnisse zu erzählen. Berlage war sicher, dass am Mittag bereits alle im Dorf wussten, was ihm und Sara zugestossen war.

Am nächsten Tag kam schon früh ein Telefon vom kantonalen Labor: „Herr Berlage, kommen sie schnell vorbei, wir haben interessante Neuigkeiten für sie".

Berlage machte sich auf den Weg. Der Kantonschemiker erwartete ihn mit einem eigenartigen Lächeln auf den Lippen: „Herr Berlage, sie und ihre Frau haben sehr viel Glück gehabt, sie wären fast getötet worden."

Berlage war gar nicht besonders erstaunt: „Wieso denn das?", wollte er wissen.

„Sehen sie", sagte der Mann im weissen Mantel, „sie sollten eben ihr Mäusegift nicht beim Brennholz aufbewahren."

„Wie bitte?", fuhr ihn Berlage fast heftig an.

„Nur mit der Ruhe, Herr Berlage, sehen sie, das Mäusegift, das sie bei ihrem Brennholz hatten, heisst ‚Mauskill'. Es ist bei uns sehr bekannt und wir warnen in unserem Bulletin davor. Das Heftchen haben wir an die ganze Bevölkerung verteilt und sie haben es sicher auch zu Hause. Wir haben klare Reste davon gefunden, in Form von Pellets. Wenn dieses Gift zu brennen beginnt, dann entwickelt es beissende und leicht toxische Dämpfe. Wenn dann aber Wasser dazu kommt, werden die Dämpfe sehr giftig und können innerhalb von wenigen Sekunden töten".

Berlage war perplex: „Ich verwende doch kein Mäusegift, und wenn schon, dann keines mit einem so dämlichen Namen wie ‚Mauskill', nein, nein!".

„Und doch finden sich eindeutige Reste dieses Giftes in der Asche, die sie mir gebracht haben. Vielleicht hat ihre Frau das Gift besorgt?"

Berlage schüttelte den Kopf. Er traute Sara viel zu, aber ein Gift namens „Mauskill", würde sie nicht kaufen und schon gar nicht nachlässig unter dem Brennholz liegen lassen.

„Also ich möchte die Sache noch weiter verfolgen und lasse ihnen das Beweismaterial vorläufig da, wenn sie einverstanden sind."

„Klar", sagte der Chemiker, „aber sind sie nicht zu streng mit ihrer Frau".

Berlage bedankte sich und lief so schnell wie möglich nach Hause. Er war ziemlich aufgebracht. Sara war am Haushalten und verstand zuerst seine Frage gar nicht.

„Mauskill? Bist du wahnsinnig, ich kaufe doch kein Mäusegift. Dafür haben wir doch unsere zwei Katzen Jan und Tea. Die könnten sich ja noch mit einem solchen Zeug vergiften".

Dann dachte sie nach und meinte: „Das Holz lag ja draussen, es kann jedermann das Gift dort hingelegt haben."

Das hatte Berlage aber schon lange begriffen. Er kam natürlich sofort auf den Gedanken, dass Carla wieder einen kleinen Mordversuch gestartet hatte. Und wieder war es äusserst raffiniert geplant und war ihr absolut nicht nachweisbar.

„Sara, du könntest zu unserem schlauen Drogisten gehen und dort fragen, ob er Mauskill in seinem Sortiment führt. Und wenn ja, dann frag ihn doch, ob jemand in letzter Zeit das Zeug gekauft hat".

Aber er war davon überzeugt, dass Carla so dumm nicht war, das Gift im Dorf zu kaufen. Ausserdem brauchte es die Kenntnis eines Spezialisten, um einen solch raffinierten Plan auszuhecken.

Sara brach sofort auf, sie musste sowieso in die Drogerie. Nach kurzer Zeit kam sie zurück mit einem grossen Paket schnupfenhemmender Papiertaschentücher.

„Also der Alois führt dieses Mittel nicht, es habe eine hohe Giftklasse. Ich bin aber noch in die Apotheke gegangen. Du kennst ja die kleine Apothekerin mit dem schnellen Auto. Die kennt das Zeug zwar, sie führen es aber auch nicht wegen der Gefährlichkeit. Sie haben mir noch dieses kleine Büchlein vom kantonalen Labor gegeben".

Berlage blätterte das kleine Büchlein durch und fand tatsächlich den Hinweis auf das „Mauskill" und seine gefährlichen Umwandlungszustände.

Es war also klar, dass alle Leute im Kanton Zugang zur Beschreibung des Mittels hatten. Dann ging er vor das Haus und packte zur Vorsicht alle Holzvorräte in einen Sack, den er dann zur Entsorgungsstelle bringen wollte. Er holte einen Besen und kehrte sorgfältig die Holzlagerstelle auf, um etwaige Reste des Giftes vollständig zu entfernen.

Die kleinen Pellets dieses Mittels unbemerkt über die Brennholzscheiter vor dem Haus der Berlages zu streuen, war eine leichte Sache. Carla hätte das in der Nacht und verkleidet gemacht. Wenn sie das Gift gekauft hatte, dann sicher nicht in der Region. Es war jedenfalls wieder nicht nachweisbar. Die einzige Chance war, dass sie sich in ihrem Hochmut wieder selbst verriet. Aber das musste man dem Zufall überlassen. Und der kam ihm auch zu Hilfe.

Am nächsten Tag schien die Sonne herrlich vom Himmel, der Föhn hatte aufgehört zu stürmen und die Berlages beschlossen mit der Seilbahn auf den Timpel zu fahren und dort die gute Luft zu geniessen, um sich von den giftigen Dämpfen ganz zu reinigen. Auf der Terrasse des Restaurants herrschten sommerliche Temperaturen und Berlage bestellte sich seine Lieblingsspeise, hausgemachten Lebkuchen mit viel Schlagrahm. Als der Kuchen kam, unter der weissen „Nidlepracht"[10] fast unsichtbar, verdrehte Sara die Augen. Sie achtete sehr bewusst auf ihre noch fast schlanke Linie und solche süsse Köstlichkeiten waren für sie eine Orgie.

Joe, der Bauunternehmer, der damals im Badhüsli die böse Nachricht von Franz Inderbitzins Unfall gebracht hatte und zu Carlas engstem Freundeskreis gehörte, war von seinem Büro, das in der Nähe der Timpelbahn lag, geflohen und über den Mittag schnell in die Höhe gekommen. Er setzte sich zu Sara und Berlage und man begann ein nichtssagendes Gespräch. Berlage spöttelte über den neuesten Bau der Firma von Joe, der an einer unmöglichen Lage entstand, neben der Bahn und der Hauptstrasse. Berlage konnte solche Spekulationsbauten

---

[10] Schlagrahm im regionalen Dialekt

an einem so schönen Ort wie Brunnen nicht verstehen, aber Joe teilte ihm mit, dass alle Wohnungen bereits ab Plan verkauft seien. Offenbar hatte sich auch Franz Inderbitzin an der Finanzierung beteiligt und Carla profitierte nun auch von dieser Investition. Es lag nahe, dass Joe mit ihr häufig Kontakt hatte.

Berlage fragte scheinheilig: „Wie geht es unser lieben Carla?"

Joe setzte die pfiffige Miene des besser Informierten auf „Ja, ihr geht es eigentlich sehr gut. Sie hat auch einen neuen Freund, unseren geschätzten Herrn Regierungsrat. Scheinbar eine ernste Sache. Sie geht jeden Samstagabend zu ihm und sie spielen dann immer Schach. Carla liebt dieses Spiel und sie ist sehr gut. Aber am Abend kommt sie immer nach Hause, eine ganz seriöse Sache".

Sara hakte etwas spöttisch nach: „So, so, und er, kommt er auch zu ihr auf Besuch und geht auch am Abend immer nach Hause?"

Joe machte eine etwas beleidigte Miene. Er hatte ja die Ehre einer Witwe zu verteidigen.

„Also, so weit gehen meine Informationen nicht. Aber der Herr Regierungsrat ist ein Ehrenmann. Er wird die arme Frau sicher nicht kompromittieren."

Dann machte er einen Gedankensprung: „Aber kürzlich hatte er so eine Mäuseplage in seinem Haus im Dorf. Es liegt ja direkt über dem Gütschkeller [11] und der ist voller Ratten und Mäuse. Wir haben da ein sehr gutes Gift, das wir auch auf unseren Baustellen und Lagerplätzen verwenden. Ich habe es ihm gegeben."

Berlage war ganz Aufmerksamkeit. „Heisst es ‚Mauskill'?", wollte er wissen.

---

[11]   Ein alter Lufschutzraum im Berg

„Ja genau, so ein Zufall, wieso weißt du denn das?" Joe war ganz erstaunt.

„Ja, wir haben es kürzlich bei uns im Brennholz gefunden."

Joe erschrak. Er wies darauf hin, wie gefährlich das Gift sei. Der Kanton habe ein Rundschreiben gemacht und man müsse wirklich damit aufpassen.

„Ja, das wissen wir, es hätte uns fast umgebracht", sagte Berlage und dann erzählte er die ganze Geschichte.

Joe war entsetzt. Er versicherte, mit der ganzen Sache nichts zu tun zu haben. Das nahm Berlage auch nicht an. Die Spur des Giftes zu Carla war aber gelegt. Sara wurde nun auch langsam misstrauisch. Sie wurde sehr wortkarg, was sonst nicht ihre Stärke war. Joe hatte es plötzlich sehr eilig, wieder in sein Büro zu kommen, und verabschiedete sich.

Berlage sagte zu Sara: „Die Sache wird langsam sonnenklar, ich habe mir meine Meinung gebildet. Dass aber du auch nun Ziel dieser Angriffe bist, kann nicht mehr toleriert werden".

Sara sagte gar nichts mehr. Sie fuhren bald wieder zu Tal. Irgendwie war die Stimmung weg. Aber Berlage war klar, dass nun etwas passieren musste.

Am nächsten Tag waren Sara und Berlage beim Morgenessen sehr schweigsam. Dann sagte Berlage zu Sara: „Ich habe einen Entschluss gefasst, muss noch nach Luzern fahren und etwas einkaufen".

Da er noch kein neues Auto hatte und nicht wollte, dass Sara sah, was er einkaufte, und keine Lust empfand, seinen massigen Körper in den Smart von Sara zu zwängen, musste er mit der Bahn fahren. Er lehnte also dankend ihr Angebot ab, ihn nach Luzern zu fahren, legte seine Halsstütze an und machte sich auf den Weg zum Bahnhof von Brunnen. Der Föhn blies schon wieder über den See und peitschte die Wellen ans Ufer. Mit diesem Gehilfen in seinem breiten Rücken kam Berlage „vor dem Wind", wie der Segler sagen würde, sehr schnell zum Bahnhof und stieg in seinen Zug.

Er kam erst am späten Abend nach Hause und Sara war bereits in der Küche, um sich etwas zum Abendessen zuzubereiten. Sie war froh, dass sie nicht alleine essen musste.

Berlage ging zuerst in die Garage und versorgte dort das grosse Paket, das er aus Luzern mitgebacht hatte, in einem Schrank, ohne es auszupacken und schloss den Schrank ab. Den Schlüssel versorgte er an seinem Schlüsselbund. Dann ging er hinauf in die Küche.

„Was hast du denn gekauft in Luzern?", wollte Sara neugierig wissen.

„Etwas fürs Auto", gab Berlage ausweichend zur Antwort.

Aha, dachte Sara bei sich. Er will es mir nicht sagen. Aber sie vermutete, dass es vielleicht eine Überraschung für ihren bevorstehenden Geburtstag sein könnte. Beim Abendessen war Berlage sehr wortkarg. Keines der Themen, die Sara antönte, wollte ihm behagen. Seine Mundwinkel waren heruntergezogen und er schien innerlich zu kochen.

Das Ganze gefiel Sara gar nicht. Sie sagte: „Geht es dir gut, solltest du nicht wieder zum Arzt zur Kontrolle?"

„Ich gehe übermorgen ins Spital nach Schwyz, das weisst du doch." Dann räusperte er sich und sagte: „Wir gehen bald nach Holland zu deinem Geburtstag. Du kannst dann noch länger dort bleiben bei deiner Familie. Ich fliege alleine zurück, ich habe hier noch etwas zu erledigen. Dann werde ich wieder besser schlafen können".

Sara begann die ganze Sache Angst zu machen. Es ärgerte sie, dass er sie nicht darüber informieren wollte, was ihn beschäftige und was er vorhatte. Aber die Freude, bald wieder in Holland zu sein, war grösser als ihre Bedenken.

Am nächsten Tag bastelte Berlage den ganzen Morgen in der Garage an etwas herum. Dazu schloss er die Türe ab. Sara war nicht da, sie war wieder mit Nathalie nach Luzern „flirten" gefahren. So war er alleine und ungestört.

Dann versorgte er seine Basteleien wieder im Schrank und schloss ihn ab. Er zog seinen Mantel an und schlenderte langsam und sehr aufmerksam durch Brunnen. Oft blieb er stehen, betrachte lange Orte, die er längst kannte, ging an der Seepromenade entlang, zum Badhüsli und wieder zurück zur Schiffsanlegestelle. Der Föhn peitschte das Wasser immer noch über die Hafenmauern, mehrere Male wurde Berlage vom stäubenden Wasser durchnässt. Aber das schien ihm nichts zu machen. Er kannte das von seinen Strandspaziergängen in Scheveningen, dem Seekurort und Badeort von Den Haag. Manchmal dachte er, die Promenade von Brunnen und die Schiffsanlegestation wären in Holland etwas schöner gestaltet. Wo Richard Wagner seine Festspielbühne bauen wollte, befand sich in Brunnen ein alter, kaputter Asphaltbelag, vielfach zerrissen und von tausenden Füssen der Touristen begangen. Wenn es regnete oder der See wieder bei Föhn über das Ufer trat, bildeten sich dort hässliche Lachen, die lange nicht verschwanden. An ihnen kam man nur durch einen gekonnten Slalomlauf vorbei. Ein etwas ärmlicher Empfang für unsere Gäste, dachte Berlage.

Dann wendete er sich zur Bundeskapelle, lief um sie herum, trat hinein, sah sich überall um und verliess sie dann kopfschüttelnd. Auf der anderen Strassenseite ging er durch eine schmale Gasse neben dem neuen Bau des „Schiltenüni", dem Immitationsgebilde des historischen, abgebrannten Komplexes. Hinter dem Gebäude befand sich ein kleiner Hof mit einem überdeckten Durchgang, der bei Nacht etwas unheimlich war. Sein Weg führte dann zur einer der Brücken über den Leewasserkanal. Auch dort hielt Berlage lange an, ging hin und her, über die Brücke und wieder zurück, dann auf die andere Seite, wo ein verlassenes Gartenrestaurant, etwas tiefer als die Brücke, im Sommer ein schattiger Ort war. Der Wirt hatte aufgegeben, weil er mit der Bevölkerung von Brunnen nicht zu Schlag kam. Das war in Brunnen das Todesurteil für einen Betrieb. Innerhalb kürzester Zeit boykottierten die Brunner ein solches Lokal. So war der schöne Ort verlassen und etwas verwahrlost. Es hatte sich noch niemand gefunden, der den Betrieb übernehmen wollte. Berlage prüfte den verlassenen Restaurantgarten. Ein Lächeln huschte über sein

Gesicht und dann richtete er seine Schritte wieder heimwärts. Sein Plan war gefasst.

Bald trafen die Berlages ihre Reisevorbereitungen. Sara war froh, von Brunnen wegzukommen. Die ganze Sache wurde ihr unheimlich und sie hatte auch ein wenig Angst. So nahm sie diesmal noch viel mehr Kleider mit und beschloss etwas länger in Holland zu bleiben. Sie fuhren daher mit dem Zug nach Kloten und flogen wie immer mit der KLM nach Amsterdam-Schiphol. Sie hatten das schon so oft gemacht, dass es wie ein gut eingeübtes Ritual war.

Als sie in ihrer Wohnung an der Prinsengracht ankamen, zündete Berlage zuerst sein Pseudocheminée mit Gasbetrieb an. Er hatte an dem Spielzeug grosse Freude. Wäre in dem Haus in Brunnen nicht bereits ein Cheminée eingebaut gewesen, hätte Berlage auch dort ein solches Scheinprodukt einbauen lassen. Aber Sara war da romantischer und hatte das schöne alte Cheminée sofort ins Herz geschlossen. Sehr zum Leidwesen von Berlage, der dann die Aufgabe hatte, immer Feuer zu machen. Nach den letzten Ereignissen hatte er natürlich wieder betont, welche Vorteile das Gascheminée in Holland habe.

„Das kann uns wenigstens nicht vergiften", sagte er, nicht ohne Ironie.

„Aber es kann explodieren und es stinkt nach Gas", meinte Sara nur trocken.

Berlage ging fast feierlich zum Safe, nahm seinen Mondrian heraus und hängte ihn an der dafür vorgesehenen Stelle auf, öffnete eine Flasche Rotwein, schenkte zwei Gläser ein und sagte: „Auf unser Zuhause, wo wir nicht von Mördern bedroht werden".

An einem der nächsten Tage fuhr er wieder nach Den Haag und traf dort seinen alten Berufskollegen, den holländischen Kriminalisten. Er erzählte ihm die ganze Geschichte mit allen neuen Details und Vorkommnissen. Der andere hörte aufmerksam, aber schweigend zu, dann hob er warnend den Finger: „Berlage, das riecht wieder nach Selbstjustiz, du hast schon einmal jemanden ohne Verurteilung hingerichtet. Sei vorsichtig, überlege Dir gut, was du tust".

Aber Berlage lachte nur selbstsicher: „Ich lasse mich doch nicht meuchlings und ohne etwas dagegen zu unternehmen von einer Frau umbringen, von der ich überzeugt bin, dass sie eine Mörderin ist".

Die beiden Männer verabschiedeten sich herzlich, nicht ohne dass der Kollege nochmals warnend den Zeigefinger hob. Berlage fuhr wieder zurück nach Amsterdam, er wollte noch ein Geburtstagsgeschenk für Sara einkaufen, was ihn voraussichtlich einige Zeit kosten würde. Er wollte ja nicht zu viel Geld ausgeben.

Berlage und Sara feierten zusammen Saras Geburtstag zunächst ganz alleine. Sein Geschenk war ein hübscher, kleiner Ring und Sara wusste nun gar nicht mehr, was das geheimnisvolle Paket in der Garage zu bedeuten hatte. Ihre Fragen beantwortete er weiterhin ausweichend, was Sara noch neugieriger machte. Aber wenn Berlage über etwas nicht sprechen wollte, dann war er eisern. Da war nichts zu machen.

Kapitel 10

Carla und ihr Regierungsrat waren sich immer näher gekommen. [12] Häufig kam er zu ihr auf Besuch, und sie huschte oft im Dunklen zu seinem Haus hinter dem Gasthaus „Ochsen", einem der noch verbliebenen alten Häuser von Brunnen. Wie Joe gesagt hatte, ging sie jeden Samstag dorthin, um mit dem Regierungsrat Schach zu spielen. Das Haus des Regierungsrats lag etwas erhöht in jenem Teil von Brunnen, der vom Hochwasser geschützt war. Das Dorf wurde immer wieder von Überschwemmungen heimgesucht. Daher hatten die alten Brunner ihre Häuser auf einem kleinen Hügel angelegt. Unter seinem Haus befand sich ein alter Luftschutzkeller, der Gütschkeller, in den man sich im Krieg zurückgezogen hatte. Die Bevölkerung meinte boshaft, der Herr Regierungsrat habe dort sein privates „Reduit". [13] Nun war der Gütschkeller ein Objekt des Spotts in Brunnen und die Gemeinde hätte den Keller gerne los gehabt. Er war voll Mäuse, die auch auf das Haus des Regierungsrates übergegriffen hatten, wie Joe herumerzählte. Es tropfte von allen Wänden und die Höhle wurde manchmal von Jungen benutzt, die ein Versteck für ihre Riten brauchten. Nachher stank es erbärmlich nach Hasch und Alkohol. Darüber wohnte nun der Herr Regierungsrat und die Gemeinde Brunnen wäre froh gewesen, wenn sie ihm den Schlüssel für diesen unangenehmen Blinddarm des Gemeindegebiets hätte übergeben können.

Carla ging am Samstagnachmittag zu ihrem Coiffeur und liess ihre dichten schwarzen Haare zu einer ordentlichen Frisur bündeln. Dann legte sie dunkle Hosen und eine enge schwarze Bluse an. Sie war ja schliesslich

---

[12] Im Interesse der Erzählung soll für ein Kapitel von der Perspektive der Berlages abgewichen werden. Carla soll nun ins Zentrum der Geschichte kommen und das Folgende aus ihrer Sicht erzählt werden.

[13] Begriff aus dem 2. Weltkrieg. Damals hätte sich die Schweizer Armee in die Kavernen der Gotthardfestung zurückgezogen, wenn der Feind das Land angegriffen hätte.

immer noch in Trauer, wollte aber ihrem neuen Freund gefallen. Sie schminkte sich dezent aber sehr vorteilhaft und trug ein feines Parfum auf.

Dann ass sie eine Kleinigkeit und wartete, bis es dunkel war. Zu dieser Zeit waren wenige Leute auf der Strasse und Carla schlich auf Umwegen und unbemerkt von den neugierigen Augen der Brunner zum Haus des Regierungsrates. Sie läutete und die Tür wurde automatisch geöffnet. Carla verschwand in dem dunklen Gang und stieg die Treppe hinauf. Im Wohnraum stand der Mann, umarmte Carla und nahm ihr den Mantel ab. Auf dem Tisch stand bereits das aufgestellte Schachspiel, die Figuren waren aus Stein, ebenso wie die weissen und schwarzen Felder im Brett. In einer Karaffe leuchtete das Rot eines der edlen Weine aus dem Keller des Regierungsrates.

Man konnte erkennen, dass der Mann grosse Freude über Carlas Besuch hatte. Seine Augen hingen immer an ihr. Das bemerkte sie natürlich und sagte: „Noch ein wenig Geduld und dann wird alles gut. Ein wenig müssen wir noch warten".

So setzten sie sich und der Mann goss den roten Saft in die Gläser.

„Wie geht es den Mäusen und den Ratten?", fragte Carla.

Die seien nun alle tot, meinte der Regierungsrat. Es sei etwas grauslich, die Kadaver zu entfernen. Er habe noch viel von dem Gift, für den Fall, dass die Plage wiederkommen würde.

Carla sagte: „Pass auf mit dem Zeug, es ist gefährlich. Wenn es brennt und dann beim Löschen nass wird, entwickelt es sehr giftige Dämpfe. Ich habe meines weggeworfen".

Hätte der Regierungsrat gewusst, wo sie es weggeworfen hatte, hätte er die Unterhaltung wohl abgebrochen. So aber begannen sie ihr Schachspiel. Carla gewann immer mehr als die Hälfte der Spiele. Sie war hochbegabt und hatte ein sehr gutes Konzentrationsvermögen. Für den Regierungsrat war es nicht immer einfach, die Überlegenheit der Frau beim Spiel zu akzeptieren. Aber Carla war eine einfache Frau ohne höhere Bildung und er war ihr in allen anderen Dingen überlegen. Ausserdem war er in Carla verliebt.

Sie spielten ein Spiel nach dem anderen, sprachen über ihre Zukunft, was Carla mit ihrem Geld machen solle, wann der richtige Zeitpunkt für eine Verlobung sei und wo man auf Hochzeitsreise gehen werde. Es war ein glückliches Paar, das man da beobachten konnte, hätte man nicht die düstere Vergangenheit gekannt, die Carla mit sich trug. Es war offensichtlich, dass der Regierungsrat keine Ahnung von der dunklen Seite der Seele dieser Frau hatte.

Schliesslich hatten sie genug vom Spiel. Der Regierungsrat war nach vier Spielen, von denen er drei verloren hatte, ziemlich müde und sie setzten sich auf das Sofa, umarmten sich und genossen den Augenblick und den feinen Wein, von dem bereits die zweite Karaffe auf dem Tisch stand. Die beiden Menschen kamen sich immer näher, in beiden wuchs der Wunsch nach einer körperlichen Vereinigung, aber Carla wusste, dass das im Moment nicht sein durfte. Sie wollte ihre Inszenierung, die mit dem Mord an Franz begonnen hatte, nicht aufs Spiel setzen und wusste genau, dass ein verliebtes Paar seine Handlungen in der Öffentlichkeit nicht mehr kontrollieren kann. Und es war ihr wichtig, dass sie in der Öffentlichkeit die brave, trauernde Witwe blieb, über jeden Zweifel erhaben und unerreichbar für die Beschuldigungen Berlages.

So sassen sie noch eine ganze Weile nebeneinander, hielten sich zärtlich an der Hand und küssten sich, bis Carla sagte, sie müsse nun nach Hause und dass sie sich am Sonntag in der Kirche ja wieder treffen würden. Aber es ging noch eine ganze Weile, bis er sie gehen liess. Es war fast ein Uhr morgens als sie aus dem Haus huschte. Das Brunner Nachtleben war in den letzten Jahren immer schwächer geworden. Viele der guten Restaurants hatten den Wirt gewechselt und so war auch am Samstagabend nicht mehr viel los. Unbemerkt kam Carla bis zur Leewasserbrücke.

Als sie mitten auf der Brücke stand, traf sie plötzlich ein furchtbarer Lichtblitz mitten ins Gesicht. Carla war auf der Stelle geblendet. Sie schrie: „Die Nachtspinnerin hat mich bestraft für meine Untaten, die Nachtspinnerin hat mich geblendet, helft mir, ich bin blind, helft mir …"

Sie hielt sich am Geländer der Brücke fest, schluchzte und rief immer wieder um Hilfe. Die wenigen Passanten, die noch unterwegs waren, eilten zu ihr und stützten sie. Jemand rief den Dorfarzt an, der wie ein guter Geist Tag und Nacht über die Gesundheit der Brunner wachte und jederzeit zur Verfügung stand. Nach fünf Minuten kam der Arzt, hörte sich die Geschichte an, leuchtete mit seiner Taschenlampe in ihre leblosen Augen und rief dann das Krankenauto und die Polizei. Carla stammelte immer vor sich hin, dass die Nachtspinnerin sie bestraft habe, sie habe noch eine weisse Gestalt und das silberne Spinnrad gesehen. Auf die Frage, wo denn die Gestalt gewesen sei, sagte sie mit grosser Sicherheit: „Da unten im Garten des Restaurants sass sie, ganz weiss, mit einem silbernen Spinnrad und dann kam der furchtbare Blitz, sie hat mich bestraft".

Im Spital konnte man nur noch feststellen, dass die Netzhaut beider Augen durch den Lichtblitz vollkommen zerstört war und sie nie wieder ihr Augenlicht zurückgewinnen würde. Der Spitalarzt, der nicht an Geister glaubte, verständigte auch die Polizei, die die Leewasserbrücke und die Umgebung am nächsten Tag genau absuchte, aber ohne Resultat. Wie hätte man auch die Spuren eines Gespenstes finden sollen?

Im Dorf war das Unglück von Carla das Hauptthema. Sogar der Chefredakteur des „Boten der Urschweiz" sprach von einem unerklärlichen Phänomen, das die alte Sage von der Nachtspinnerin bestätige. Er widmete in seiner Zeitung der Geschichte der Nachtspinnerin und ihrer Herkunft eine ganze Seite, wies auf die immer noch grosse Bedeutung der Sagenwelt für die Bevölkerung hin und verfasste dazu eine ironische Spalte über die Frauen als hauptsächliche Vertreter des Aberglaubens. Seine Frau, die ja den Pfarrer ihrem Gemahl mindestens seelisch vorzog, mied von diesem Tag an die Leewasserbrücke bei Dunkelheit und machte einen Umweg um die Brücke. Die Geschichte wurde durch den Regierungsrat, der ja die

Carla als letzter vor ihrem Unglück gesehen hatte, auch in den höchsten Kreisen der Regierung und des Kantonsrates bekannt. Ein Volkstumsforscher der Universität Zürich, ein grosser dicker Mann, der Walliserdeutsch sprach, kam extra nach Brunnen, um die Geschichte zu studieren und zu dokumentieren. Er quartierte sich in einem günstigen Hotel ein und begann mit seinen Untersuchungen und Befragungen. Etwas eigenartig war, dass die Innerschweizer oft Mühe hatten, ihn mit seinem Walliserdeutsch überhaupt zu verstehen. Im Wallis gibt es ebenfalls sehr viele Sagen, die neben der grossen Religiosität des Volkes existierten. Er war also der richtige Mann für diese Untersuchung und schrieb alle Versionen der Geschichte von der Nachtspinnerin, die er erfahren konnte, sorgfältig auf. Und die Brunner Bartli-Gesellschaft beschloss, an der nächsten Fasnacht einen Wagen mit dem Sujet "Nachtspinnerin" zu gestalten, auch zur Erinnerung an Carla und Franz Inderbitzin.

Carla war immer noch im Spital und wurde von verschiedenen Spezialisten untersucht. Aber für ihr Augenlicht gab es keine Hoffnung. Sie war und blieb blind. Sie hörte nicht auf zu jammern und sich selbst zu beschuldigen. Sie war scheinbar überzeugt, dass die Nachtspinnerin sie für ihre Untaten bestraft hatte. Aber sie schwieg wie ein Grab über den tatsächlichen Inhalt ihrer Schuld. Kein Psychologe konnte ihr helfen, sie verlangte jedoch nach einem Beichtvater. Den Dorfpfarrer lehnte sie aber ab, der sei selbst nicht ganz fehlerfrei.

Man liess also den Pfarrer von Schwyz kommen. Carla sprach lange mit ihm, über eine Stunde. Sie vertraute ihm unter dem Beichtgeheimnis den Mord an ihrem Ehemann an, auch zu den Mordversuchen an Berlage bekannte sie sich. Der Pfarrer von Schwyz wurde während des Gespräches immer ernster. Schwyz und Brunnen haben kein besonders gutes Verhältnis zueinander. Die Brunner nennen die Schwyzer ja „Stehkragler". Dass aber solche Sachen in Brunnen passierten, machte den Gottesmann doch sehr betroffen. Ausserdem wurde ihm immer klarer, dass Carla in ihrem Herzen eine tief gläubige Frau war. Es störte ihn zwar, dass sie immer wieder von der Rache der Nachtspinnerin sprach und das offensichtlich mit der Strafe Gottes vermischte oder sogar gleichsetzte. Aber er kannte ja die

Vermischung von gläubigen und abergläubischen Elementen in der Kultur der Innerschweiz. In seiner Kirche tolerierter er auch eine Messe, die von Leuten in Fasnachtskleidung zelebrierte wurde. Eine Sache, die der ferne Bischof nun verboten hat, den Pfarrer aber eigentlich nicht gestört hat.

Als sie ihn dann fragte, wie sie denn Busse tun könne, war sein Entschluss schon gefasst. Angesichts des hilflosen Zustandes, in dem sie sich befand, schlug er ihr sofort vor, in das Kloster Ingenbohl einzutreten und dann dort ihr Leben in Busse weiterzuleben. Ob der Pfarrer dabei auch an das nicht unbedeutende Vermögen der Witwe Inderbitzin dachte, welches Carla dann sicher auch in das Kloster einbringen würde, ist ungewiss aber zu vermuten. Carla wurde blass, sie verlor fast die Besinnung. Dann aber begann sie sich in Ihr Schicksal zu fügen. Sie kannte die Schwester Oberin von Ingenbohl und verlangte ein Gespräch mit ihr.

Die Schwester Oberin kam dann auch am nächsten Tag ins Spital. Carla konnte ja in ihrem Zustand nicht zu sich nach Hause gehen. Eine rasche Lösung war also nötig. Nach einem langen, emotionalen Gespräch kamen die beiden Frauen überein, dass Carla sofort ins Kloster eintreten werde, wobei die Priorin keine Ahnung hatte, welches die Hintergründe der tiefen Reue dieser Frau waren. Aber der Herr Regierungsrat würde die finanziellen Probleme erledigen, obwohl er Carla seit ihrem Unfall nicht mehr besucht hatte.

So übersiedelte Carla aus dem Spital direkt ins Kloster. Sie wurde jeden Tag in die Kapelle geführt, wo sie eine Stunde lang betete. Sie war aber überzeugt, dass die Nachtspinnerin sie bestraft hatte, wobei in ihrem Kopf offensichtlich eine Vermischung von abergläubischen mit katholischen Inhalten stattfand.

Im Dorf wurde diese Version der Geschehnisse gerne aufgenommen. Eine Vermischung von heidnischen und christlichen Elementen war in der Innerschweiz schon immer üblich gewesen. Die Frauen erzählten sich unheimliche Geschichten über die Taten der Nachtspinnerin, wobei die Volksseele unzählige neue Versionen erfand. Der Ethnologe der Universität Zürich, der immer noch in Brunnen anwesend war, sprach viel mit den Frauen des Dorfes und notierte sorgfältig die alten Handlungen und die neue Tat der Nachtspinnerin. Der Gemeindepräsident ordnete an, einen aus Frauen und Männern bestehenden Ausschuss zu gründen, der sich mit diesem neuen Phänomen befassen sollte. Und der Pfarrer von Schwyz, der ja viel mehr über die Hintergründe der Reue von Carla wusste und einen sehr menschlichen Hintergrund der letzten Tat der Nachspinnerin vermutete, betete in seiner Kirche darum, dass die Brunner von ihrem Irrglauben befreit würden. Er konnte aber von seinem Wissen nicht Gebrauch machen, war er doch durch das Beichtgeheimnis gebunden.

Kapitel 11

Berlage war während dieser Ereignisse allein in Brunnen gewesen. Er war ohne Sara aus Holland zurückgekehrt. Sie wollte noch einige Tage mit ihrer Familie verbringen. Als man ihm die ganze Geschichte mit der weissen Frau im Dorf berichtete, war er ganz begeistert von dieser Version, die er als tief „indigene" Erklärung eines wahrscheinlich physikalisch schwer erklärbaren Phänomens bezeichnete. Er schnitt aber alle Artikel aus den Zeitungen aus, auch die ironische Spalte des Chefredaktors des „Boten der Urschweiz", der alle Schuld den Frauen gab. Er freute sich schon, diesen Artikel seiner Frau zu unterbreiten und sie darauf hinzuweisen, welche kulturelle Verantwortung ihre hauptsächlichen Gesprächspartnerinnen im Dorf hatten.

Als er mit dem Chef der Kriminalpolizei über die Sache sprach, musste er bei dem Kriminalisten eine gewisse Skepsis feststellen. Der kannte den Untersuchungsbericht der Polizei und glaubte natürlich überhaupt nicht an die Erklärung mit der Nachtspinnerin. Irgendetwas oder irgendjemand musste ja den Blitz ausgelöst haben, der Carla geblendet hatte. Aber man hatte bis jetzt gar keine Hinweise auf einen kriminellen Sachverhalt gefunden, obwohl ja eine Untersuchung lief. Der Instinkt sagte dem Mann, dass Berlage irgendetwas mit dieser Sache zu tun haben könnte. Aber einen solchen Verdacht zu äussern, wäre genauso wenig substantiierbar gewesen, wie die Verdächtigungen Berlages gegen Carla. So hielt er sich zurück. Er teilte aber immerhin Berlage mit, dass der Fall an die Staatsanwaltschaft zur Untersuchung weitergeleitet worden sei. Er glaube einfach nicht an Sagen und Märchen und schon gar nicht an blitzeschleudernde Nachtspinnerinnen. Er musste aber doch zugeben, dass die Carla selbst sich zu einer grossen Schuld bekannte, ohne dass sie präzisierte, was denn das war. Auch kannte er die Hinweise Berlages auf irgendwelche Verbindungen Carlas mit dem Tod des Franz Inderbitzin. Diese Zusammenhänge konnte er auch nicht ganz auf die Seite schieben.

Als Sara in die Schweiz zurückkam, fand sie die perfekte Dorfsensation vor. Berlage hatte am Telefon nichts von den Vorgängen erzählt. Während alle Holländer in Brunnen sich darüber einig waren, dass wahrscheinlich das Licht eines Halogenscheinwerfers die Augen von Carla geblendet und der Verursacher das Weite gesucht hatte, sprachen die Brunner und Brunnerinnen, vor allem diese, nur noch von der Nachtspinnerin und dem Mysterium des alten Wissens. Viele Frauen und Mädchen mieden, wie auch die Frau des Chefredaktors, bei Nacht die Leewasserbrücke.

Sara liess sich von Berlage den genauen Hergang schildern und las die von Berlage ausgeschnittenen Zeitungsartikel. Dann sah sie Berlage lange und prüfend an und sagte gerade heraus: „Warst du das?"

Berlage machte ein unschuldiges Gesicht. Er wies sie auf den Unsinn ihrer Bemerkung hin, riet ihr aber, solche Vermutungen nicht unter das Volk zu bringen.

„Auf alle Fälle werden wir jetzt nicht mehr ermordet", meinte er sarkastisch.

Sara wollte Carla im Kloster besuchen und schlug Berlage vor: „Wir könnten doch zusammen gehen."

„Nein, das möchte ich nicht. Aber ich habe dir etwas, das du der Carla mit meinen Grüssen übergeben kannst."

Er ging zu seinem Schreibtisch, nahm die Fotos, die er von dem Knopf, den man in der Hand des Franz Inderbitzin gefunden hatte, des Hemdes, wo dieser Knopf fehlte, und der Knöpfe, die man auf seinem Auto gefunden hatte, heraus. Er zeigte sie Sara und tat alles in einen Briefumschlag, klebte ihn zu und gab ihn dann seiner Frau.

„Wenn du sie besuchen gehst, gib ihr doch das und sage ihr, ich brauche es jetzt nicht mehr, und es ist doch noch eine Erinnerung an Franz. Leider könne sie es jetzt nicht mehr sehen."

Sara war etwas verwirrt. Sie hatte ja auch irgendwelche Zusammenhänge zwischen dem Unfall von Franz und Berlages Ermittlungen zur Kenntnis genommen. Als er ihr noch genau den Inhalt der Fotos erklärte, begann Sara den ganzen Zusammenhang zu begreifen. Aber diesmal wusste sie, dass sich das nicht zu einem Dorfgetratsche machen liess. Sie wollte Carla trotzdem besuchen, obwohl sie vermutlich fast Opfer eines ihrer Mordanschläge geworden war.

Sie rief also am nächsten Tag im Kloster an und erkundigte sich nach Carla. Die war aber gerade beim Gebet in der Kapelle. Da das immer eine Stunde dauerte, schlug man ihr vor, in die Kapelle zu kommen. Sara war Friesin und katholisch. Es war ihr etwas unheimlich, diese Begegnung in einem Kirchenraum zu machen. Aber sie machte sich zum Kloster auf.

Dort ging sie in die Kapelle und sah Carla in einer Bank knien. Sie wartete einige Minuten, um die Betende nicht zu stören. Dann ging sie zu ihr und berührte sie an der Schulter. Carla drehte sich um und sah Sara aus leeren Augen an.

„Ja, wer ist da?"

Sara gab sich zu erkennen und aus Carlas Augen begannen Tränen zu laufen. Sie erhob sich und sagte: „Führst du mich aus der Kapelle?"

Sara nahm sie am Arm und sie verliessen die Kapelle. Carla liefen immer noch die Tränen aus den Augen, aber es war ein lautloses Weinen. Vor der Kapelle zog Sara die unglückliche Frau auf eine Bank und legte den Arm um ihre Schulter. Carlas Haar war ganz kurz geschnitten, sie war ungeschminkt und sehr einfach gekleidet, wie eine Büsserin.

„Was ist den passiert Carla?"

Carla hörte auf zu weinen, aber nun begann sie am ganzen Körper zu zittern.

„Die Nachtspinnerin hat mich für meine Untaten bestraft", stammelte sie.

„Ja welche Untaten denn?", wollte Sara wissen.

„Frag doch deinen Mann, der weiss alles", antworte die immer noch am ganzen Körper zitternde Frau.

Carla hörte langsam auf zu zittern und zu weinen. Sie werde den Rest ihres Lebens im Kloster verbringen und habe alles Geld dem Kloster vermacht. Es gehe ihr hier gut, man kümmere sich rührend um sie. Der Herr Regierungsrat habe sich aber nie mehr blicken lassen. Er kümmere sich zwar um ihre finanziellen Angelegenheiten, aber besucht habe er sie nie. Sie beginne aber blind Schach zu spielen, sie könne das gut ertasten und im Kloster seien einige Schwestern, die ganz gut spielten.

Sara sprach ihr Trost zu, sie werde sie bei Gelegenheit wieder besuchen. Dann führte sie Carla zurück zum Schwesternhaus. Ganz zum Schluss kam ihr das Kuvert in den Sinn, das ihr Berlage mitgegeben hatte.

„Ich soll dir noch etwas von Berlage geben" und sie drückte das verschlossene Kuvert Carla in die Hand.

„Was ist das?", wollte Carla wissen.

Dann tastete sie das Kuvert ab und riss es auf. Sie nahm die Fotos heraus. Sara erklärte ihr, was es mit diesen Fotos auf sich hatte. Als Carla hörte, um was es sich handelte, huschte etwas wie ein Lächeln über ihr Gesicht. Dann nahm sie die drei Fotos und lachte hysterisch: „Na, da hab ich viel davon, erklär mir bitte, was das ist."

Sara erklärte ihr, dass es lauter Fotos von Knöpfen seien, von Knöpfen im Sacktuch von Franz und eines Knopfes, den man in seiner Faust gefunden habe.

Da kam ein eigenartiger Ausdruck auf Carlas Gesicht, eine Mischung zwischen Erstaunen, Begreifen und Resignation. Dann sagte sie: „Du kannst dem Herrn Kommissar ausrichten, das Knöpfli habe verstanden. Ja, ja, das Knöpfli, das bin ich … oder besser war ich. So hat der Franz immer zu mir gesagt. Richte deinem Mann aus, wenn ich an ihn, den Herrn Kommissar, denke, sehe ich immer das Letzte, das ich gesehen habe, die Nachtspinnerin mit ihrem funkelnden Spinnrad vor meinem geistigen Auge. Er muss jetzt keine Angst mehr vor mir haben."

In Saras Kopf begannen sich gewisse Sachen zusammenzufügen, ohne dass sie es hätte formulieren können oder wollen. Sie war ein intuitiver Mensch. Sie führte Carla zurück ins Kloster und der Abschied von ihr war ziemlich förmlich.

Sie kehrte nach Hause zurück und fand Berlage gut gelaunt sein neues Auto, das er nun endlich gekauft hatte, putzen und einräumen.

„Na, was sagt denn die Carla?", wollte er wissen.

„Ich habe ihr erklärt, was auf den Fotos zu sehen war. Dann sagte sie, dass ja sie das Knöpfli sei oder gewesen sei und dass du keine Angst mehr vor ihr haben müssest".

Berlage grinste unverschämt: „Das habe ich auch nie gehabt. Dieses scheinheilige Luder hat ihre gerechte Strafe erhalten."

Am Tag darauf schlug Berlage Sara vor, eine Tour in seinem neuen Auto, wieder einem Cabriolet, zu machen. Es sei schönes Wetter und man könnte bereits mit offenem Dach fahren. Sara war einverstanden und holte ein Kopftuch.

Berlage öffnete das Dach seines Autos, dann ging er in die Garage und kam mit einem grossen Paket heraus, das er im Kofferraum verstaute. Auf Saras Frage, was denn das sei, brummte er nur etwas in sich hinein.

Sie fuhren zuerst in vielen Kurven den See entlang in Richtung Gersau. Dann ging es über Weggis und Meggen nach Luzern. Dort hielten sie an, gingen in das Restaurant „Balance", ein nettes, modernes Restaurant an der Reuss, und assen eine weitere von Berlages Lieblingsspeisen, einen Elsässer Flammkuchen. Das Wetter war herrlich, und man konnte bereits draussen auf der Terrasse am Reussufer sitzen.

Dann fuhren sie weiter über Tribschen aus Luzern hinaus, wobei sie die Autobahn mit ihren Tunnels mieden. Man wollte ja das Faltdach nicht zumachen müssen und von der Sonne profitieren. Ausserdem wusste Sara, dass sie mit ihren teuren Sonnenbrillen und dem wehenden Kopftuch über ihrem blonden Pferdeschwanz sehr hübsch aussah. Sie liessen St. Niklausen hinter sich, folgten immer dem Seeufer über Kastanienbaum nach Winkel und Matterboden zwischen Bäumen, die in der ersten Blüte standen. Nach Stansstad nahm Berlage die Strasse, die am Fuss des Bürgenstocks und dem See entlang führte und fuhr nach Fürigen hinauf, wo sie auf der Terrasse eines Restaurants mit Aussicht einen Kaffee tranken. Dann fuhr Berlage wieder zurück ans Seeufer und in Richtung Kehrsiten.

Berlage begann Sara die Geschichte von Kehrsiten zu erklären. Der See war dort im Laufe der letzten Jahrtausende um mehrere Meter angestiegen. Ein Hobbytaucher entdeckte im Jahr 2003 im Vierwaldstättersee vor Kehrsiten Überreste einer steinzeitlichen Pfahlbausiedlung, den ersten bekannten steinzeitlichen Siedlungsplatz am Vierwaldstättersee. Diese ursprünglich am Seeufer befindliche Siedlung war durch den Anstieg des Sees um viele Meter im Wasser versunken. Seit der Entdeckung der unter dem Wasser befindlichen Reste dieser Siedlung untersuchten Unterwasserarchäologen der Stadt Zürich und des Kantons Nidwalden die Fundstelle. Als besonders seltene Fundstücke wurden ein steinzeitlicher Strohhut und über 5500 Jahre alte Keramikteile gefunden. Durch Funde von Werkzeugen sowie Knochen und Samen konnte man rekonstruieren, wie sich der Siedlungsplatz Kehrsiten im Verlauf der letzten 6000 Jahre infolge der Veränderung des Seespiegels geändert hatte.

Sara hörte zwar zu, Archäologie war aber nicht ihr Hobby, und sie verstand nicht ganz, warum ihr Berlage das alles erzählte. So war sie froh, als Berlage vorschlug, im Hotel Seeblick in Kehrsiten zu rasten. Sie bestellten einen kühlen weissen Wein und Berlage stand auf, um den Wirt zu fragen, ob man ein Ruderboot mieten könne. Das gefiel der Friesin Sara wieder sehr gut. Während der Wirt eines der Ruderboote bereit machte, ging Berlage zum Auto und nahm das Paket aus dem Kofferraum, das er zu Hause eingeladen hatte. Sara wartete schon im Boot und bestand darauf, rudern zu dürfen.

Berlage stieg vorsichtig ins Boot und Sara steuerte das Boot in den See, hielt sich aber immer in der Nähe des Ufers. Sie spähte aufmerksam ins Wasser und hoffte, doch noch etwas von der steinzeitlichen Siedlung zu entdecken sei. Da das nicht der Fall war, warf sie Berlage vor, er habe ihr Unsinn erzählt. Aber er bestand auf der Wahrheit seiner Ausführungen. So weit könne man eben nicht auf den Seegrund sehen.

Am Boden des Bootes lag immer noch das fest verschnürte Paket.

„Was ist das immer für ein Paket, von dem ich nicht wissen darf, was drin ist?", fragte sie etwas erbost.

Berlage nahm das Paket und warf es ins Wasser. Sara war nun sehr böse.

„Beantwortest du so meine Fragen?", sagte sie beleidigt.

„Was meinst du, wie die Archäologentaucher sich erst fragen werden, wofür die Pfahlbauer vor 6000 Jahren schon Laserkanonen verwendet haben", sagte Berlage grinsend.

Saras Ahnungen wurden immer konkreter: „Eine Laserkanone, wozu brauchtest du eine Laserkanone?", wollte sie wissen.

„Ich habe nur die Gerechtigkeit wieder hergestellt und dazu eine alte Sage wiederbelebt. Die Menschen brauchen heute wieder den

Aberglauben. Ausserdem hatte ich die Anschläge auf unser Leben in Brunnen satt."

Sara begann nun alles zu verstehen. Die Carla hatte ihren Mann umgebracht und dann versucht, Berlage, der alles durchschaut hatte, ebenfalls zu beseitigen. Und Nathalie hatte die ganze Zeit den Zusammenhang gewusst oder wenigstens vermuten müssen. Berlage aber hatte auf seine Art die Gerechtigkeit wieder hergestellt und Carla mit der Laserkanone in die Augen geschossen. Die Strafe war grausamer, als jedes Gericht eine für sie hätte finden können. Auf der Rückfahrt nach Brunnen war Sara sehr schweigsam. Und auch Berlage hatte keine Lust mehr, über die Sache zu sprechen. Sie schlossen das Autodach, während sie durch den Seelisberg und die Tunnels an der Axenstrasse fuhren. Es war fast symbolisch: Die Affäre war „closed", geschlossen.

Wenn die Frauen in Brunnen hin und wieder über die Nachtspinnerin sprachen, enthielt sich Sara jedes Kommentars. Sie sprach aber auch nicht dagegen und überliess die abergläubischen Brunner und Brunnerinnen ihren Ängsten. Sie betonte auch immer wieder, dass Carla ihr im Kloster gesagt habe, sie habe die Nachtspinnerin, ihr silbernes Spinnrad ganz deutlich gesehen, bevor sie geblendet wurde. Es konnte ja nichts schaden, wenn jene Sünder und Sünderinnen, die der Herrgott übersehen hatte, noch von einer anderen Instanz bestraft wurden.